KB106947

끝을 알지만
몰라도
되는 것들

끝을 알지만 몰라도 되는 것들

회사는 배움을 향해 한곳을 바라볼 수 있지만
내 미래를 책임질 수는 없다

최문정 지음

prologue

이 글을 쓰면서 모든 젊은이들을 비롯한 중장년층들까지 과연 현재 직장 생활의 미래가 불투명하게 느껴지는 건 과연 나만의 생각일까?

대학을 졸업하고 직장 생활 15년 동안 정말 많은 일들이 있었고 20대를 거치면서 여기까지 시간이 흘러왔던 것을 생각해 보면서 지금의 나 자신에게 질문을 던져본다. 사회생활 15년의 세월 동안 나는 주변과 사회에 어떤 영향을 주었는지 생각하는 시점이다

이전 직장 생활 10년 다닌 직장을 접고 5년 전부터 이직을 하는 과정에서 현실적으로 돈을 벌기 위해 직장 생활을 계속해야만 할까? 하는 자괴감에 빠졌었다. 지금 30대 후반에 접어들어 나 자신을 위하여 그동안 이루어 놓은 것 없이 무언가 잃어버린 것 같고 뭘 얻었는지 다시 시작해야 할지 정말 고민이 많았다.

새 직장에 적응하게 되고 내 나름대로의 결론은 사회는 계층 순으로 대우를 해주고 받는다는 것을 절실히 깨닫게 되면서 내가 겪은 그동안의 인과관계 또한 직장인이 나 같은 고민을 하고 있지만 개개인의 사고방식은 차이가 많아 각자 미래도 달라짐을 느낄 수 있었다.

그래서 그러한 차이점을 알리려고 생각했었고 글을 쓰게 되고 유튜브를 하게 되면서 상세하게 사람들에게 전달하고 싶었다.

15년 차 서비스 경력직으로 내 동료들과 나의 경험을 공유하고 싶었

지만 회사 환경 자체가 개인 의견을 따라줄 수 없는 상황이었고 회사마다 사칙과 규칙이 달라 쉽지 않다는 걸 알았다. 회사의 일원으로서 회사에 이득이 될 수 있는 일을 하는 사람이 얼마나 있을지 생각해 본다.

보다 발전적인 노하우를 전달해 주고 싶어도 상대와 사회가 받아들여 주지 않는다면 나 자신이 더 이상 발전될 수 없는 것이 아니겠는가?

그래서 고민 끝에 나는 지금의 직장 생활을 이쯤에서 접고 다시 생각하고자 한다.

직장에 관련된 글을 쓴 건 이번이 4번째이다.

그동안의 많은 정보를 가지고 있어도 제대로 전달하지 못한 사연들을 이 책에 고스란히 담아냈다. 누구든지 내 주변을 둘러보고 관심을 가지면 얼마든지 자신에게 이득이 되는 노하우를 터득하게 된다. 회사든 사회든 관심을 갖고 지켜보며 생각하면 저절로 답이 나올 것이다.

누구든지 기회는 열려있다. 자신이 도전하느냐 안 하느냐의 차이인 것이다. 현재의 상황을 불만으로 토로하면 자신의 성장을 저해할 수밖에 없다. 부디 자기가 하고 싶은 일을 생각해 보고 미래를 향한 노력하는 마인드를 모두 가졌으면 하는 바람이다.

2021년 5월 26일 최문경

Contents

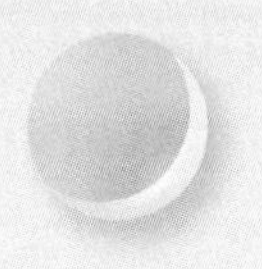

출근길 머선 일이고?

첫 번째.

오전 출근길의 지하철은 사람들로 북적거렸고 사람들에게 밀려 노약자석 앞에 서있게 되었다. 그때 아는 지인의 문자가 도착했는데 나는 폰을 확인하고 답장을 하기 시작했다.

그 순간 누군가의 따가운 시선이 느껴졌다. 앞에 앉아있던 아주머니가 폰을 들고 있던 내 손을 힘차게 후려쳤다.

난 너무 놀라 벙찐 표정으로 쳐다보았고 그 아주머니는 인상을 쓰며 날 한번 쳐다본 뒤 눈을 감았다. 대체 이게 무슨 일이고?! 속으로 당황하여 생각하고 있는데 아주머니가 낮은 목소리로 중얼거렸다.

"내 앞에서 핸드폰 하지마라. 전자파 나오니까......"

응?! 그건 나에게 하는 소리였다.

아주머니는 본인 앞에서 핸드폰을 만지면 전자파가 나와 몸에 영향을 끼치니 폰을 보지 말란 말을 하고 있었다. 너무나 황당했다. 정말 문자 한 통에 전자파가 나와 사람 몸에 치명적일 수 있단 말인가? 이건 연구대상감이 아닌가? 나조차도 궁금해 하던 순간 기분이 나빠지기 시작했다. 그래도 남의 손을 후려치는 건 아니지 않나? 말로도 충분히 할 수 있는데 굳이 폭력적인 모습으로 전해야 되는 것인지…

어이가 없어 아주머니를 바라보자 나와 상대하기 싫다는 표정으로 잠을 청했다. 난 이 상황에 어떻게 해야 할지 참 난감했다. 만원 지하철에서 큰소리로 싸워야 하나…

내게 했던 행동을 보아 왜 그러는지를 물어보게 된다면 불 보듯 뻔한 시끄러운 결말이 나올 것 같았다. 무심코 주변을 둘러보니 다른 사람들도 핸드폰을 손에 들고 각자 할일을 하고 있는 것이 눈에 띄었다. 나의 행동이 민폐라는 것이 더욱 납득되기 힘들었다.

이런저런 생각으로 머리가 아파올 때 쯤 목적지에 도착하였고 나는 서둘러 내렸다. 지하철을 내리면서 그 아주머니를 힐끗 바라보니 끝까지 자는 척을 하고 있었다. 참 어이가 없는 날이었다.

두 번째.

어느 무더운 여름날 이른 아침이었다. 지하철에서 내린 나는 불어오는 시원한 바닷바람에 기분이 상쾌해졌고 컨디션도 좋았다. 그 날따라 너무 조용하여 주변을 둘러보니 주위에 사람이라곤 나밖에 없었다. 서둘러 걸음을 재촉하자 빨간 외제차 한 대가 내 옆으로 정차하였다.

누군가가 문을 열고 내리는 소리에 아무 생각 없이 쳐다보니 중년 남성이 차에서 내리는 것이 아닌가? 그는 환한 미소를 지으며 나에게 다가왔다. 아는 사람인가 싶어 나도 모르게 인사를 하고 구부정한 자세로 자세히 바라보니 전혀 일면식이 없는 낯선 사람이었다.

'뭐지? 나를 아는 사람인가?'

잠깐 생각에 잠기고 있을 때 그는 더욱더 환한 웃음을 보이며 내 앞에 서있었다. 어색했던 순간 갑자기 그가 바지지퍼를 내렸고 본인의 컬렉션을 자랑삼아 나에게 선보이듯 펼쳐보였다.

헉!!!!!

그렇다. 그는 변태였다. 잠시 충격을 받은 나는 생각할 겨를도 없이 앞만 보고 냅다 뛰었다. 그러자 뒤에서 차 시동 거는 소리가 들렸다. 무서운 마음이 들어 난 미친 듯이 회사까지 뛰었고 뒤를 돌아보니 그 차는 신호를 받고 서 있었다.

뭐지? 대체 아침부터 내가 무얼 본 것이란 말인가? 아침에 좋았던 그 맑은 공기와 상쾌함은?

에라잇! 온갖 찜찜함과 기분까지 나빠져 최악의 컨디션으로 바뀌어져 있었다.

회사에 도착하자마자 직장동료에게 있었던 일을 말하며 놀란 마음을 진정시켰다. 그러자 다들 비슷한 일을 겪었다며 나에게 얘기하였다. 이 동네가 이상한 것인가?

그렇다 해도 그 양반은 뭐가 그리 기분이 좋아서 웃으면서 그런 행동을 하는 건지 실로 간도 큰 대단한 양반이란 생각이 들었다. 한여름 잊을 수 없는 기억을 남겨 준 사건이었다.

세 번째.

이날은 오전부터 일진이 좋지 않았던지 출근을 하려고 문을 열어보니 집 현관문의 문고리가 고장이 나서 안에선 열리지 않았다. 이리 돌리고 저리 돌려도 꿈쩍하지 않았고 출근시간이 다가왔다. 촉박하고 급한 마음에 속절없이 시간만 흘러가고 결국 새벽시간에 수리기사를 부르게 되었다.

어쩔 수 없이 회사에는 늦는다는 연락을 했다. 수리기사는 바깥에서 도구 하나로 뚝딱거리더니 금방 문을 열었다. 뭐가 이리 쉬운

지...

기사는 10만원을 달라하였고 뭔가 허무한 마음에 아깝다는 생각도 잠시 곧 집에서 뛰어나와 급하게 택시를 탔다. 목적지를 말하자 택시기사는 그곳은 초행길이라며 모른다는 말만 되풀이 하였다.

오늘 왜 이러지 진짜...

때마침 관리자에게 전화가 울렸다.

"문정아 어디고?"

"이제 막 택시 탔어요!! 최대한 빨리 가겠습니다!!"

"문정아 근데 너희 집에서 회사까지 택시비 많이 안 나오나?"

"보통은 2만원 넘게 나와요."

"그래?? 그럼 그냥 내려서 지하철 타고 온나."

"그래도 괜찮을까요?"

"그래 조심해서 온나!"

다행히 천천히 오라는 말에 나는 지하철을 이용하게 되었다. 긴장이 풀린 마음에 눈꺼풀이 감겼다. 얼마나 지났을까?

할아버지 한 분이 나에게 다가왔다. 앉아있는 사람들은 많았지만 나는 선택된 사람마냥 그에게 지목되었다.

"아가씨..."

"네??"

"있잖아... 이거 내가 아는 사람이 보내줬는데 어떻게 보는 건지 몰라서 좀 가르쳐줘."

"아 네..."

핸드폰을 받아 동영상을 다운 받자마자 19금이 뜨면서 이상야릇한 영상이 나왔다. 순간 놀란 나는 표정관리가 안되었고 할아버지에게 얼른 폰을 건냈다. 내 모습을 바라본 할아버진 의미심장한 표정을 지었다. 그러곤 노약자석에 앉아 핸드폰을 계속 바라보았다.

'뭐지? 일부러 나에게 보여 준건가? 변태인건가?'

머릿속은 복잡한 생각으로 뒤엉키며 잠은 달아난 지 오래였다. 아무 내색 안하려고 했지만 불안한 마음은 가라앉지 않았고 할아버지가 신경이 쓰였다. 조금 있다 그는 다시 나에게 다가왔다.

"아가씨..."

"네???!!!"

깜짝 놀란 나는 할아버지를 쳐다보았다.

"이것도 봐야하는데 좀 해줄래?"

핸드폰엔 내용을 알 수 없는 동영상이 하나 더 있었다. 그때부터 난 겁이 나기 시작했다.

'아...이거 또 이상한 동영상 아니야?'

난 대충 얼버무리며 만지기 싫다는 표정으로 할아버지에게 말했다.

"이거 누르시고 기다리셨다가 보시면 돼요."

"응? 내가 잘 몰라서 그러는데 그냥 아가씨가 해줘."

"네??"

이때부터 무서워지기 시작했다. 앞에 덩그러니 서서 나만 바라보던 그를 보자 해줄 때까지 아무데도 가지 않을 기세였다. 어쩔 수 없이 동영상을 눌러 다운을 받게 되었다. 역시나 그 영상은 또 다른 19금 영상이었다. 폰을 돌려주려는데 그 와중에 톡이 계속 울렸고 메시지 미리보기의 창이 떴다.

할아버지의 부인이었다.

『어디고?

언제 오는데??

어디 있냐고!!!!』

정말 당황스러웠다. 부인이 저렇게 애타게 기다리는데 할아버진 나에게 왜 이러는 것인가...

이젠 자리를 피할 수밖에 없었다. 최고 속력으로 최대한 멀리 떨어진 칸으로 뛰어 자리를 옮겼다. 숨이 찼다. 자리에 앉자마자 다리에 힘이 풀렸다.

하아...휴우...

그 후론 별 탈 없이 목적지에 도착해 내릴 수 있었다. 걸어가면서 문득 설마 하는 마음으로 할아버지가 있던 칸을 바라보았다.

헉!!!!!!!!!!

할아버지는 무서운 눈빛으로 날 쳐다보는게 아닌가. 너무 놀란 나는 행여나 쫓아올까 출구계단을 미친 듯이 뛰어올라갔다. 다행히도 쫓아오진 않았지만 너무나 두려운 마음에 회사 도착할 때까지 뒤를 돌아보기 바빴다.

가쁜 숨을 몰아쉬고 잠시 상념에 잠겼다. 몇 년 동안 일어날까 말까 한 일을 하루사이에 다 겪은 것 같아 험난한 출근길을 거치고 회사에 오면 퇴근하고 싶어질 만큼의 에너지를 소비한 기분이 든다.

누군가가 말했다. 좋은 일이 오려고 안 좋은 일을 미리 겪는 것이라고.... 하지만 본인이 직접 이런 일을 겪으면 아무런 말도 할 수 없다. 그저 하루 종일 기분이 좋지 않을 뿐이다.

좋은 일은 더 좋은 일을 불러오는 것이지 좋은 일을 겪으려고 나에게 안 좋은 일이 일어난다는 건 그냥 하는 헛소리다.

긍정적인 마인드를 심어주기 위한 자기위안일 뿐이다. 더 큰일이 오기 전에 조심하는 것이라고 생각하는 것이 차라리 현실적으로 다가오는 말이다.

내가 피할 수 없는 일이라면 고스란히 당할 수밖에 없다. 이미 벌어진 일을 다시 돌릴 수도 없지 않은가? 그렇다면 어떻게 대처해야 하나?

모든 사람이 출퇴근길에 나와 같은 일을 겪진 않지만 행여나 이런 일이 발생한다면 최대한 빠르고 현명하게 판단하여 대처해야 한다. 상대방과 싸워봤자 경찰서행이다.

피해를 크게 입지 않은 이상 혹은 상대에게 직접적인 보상을 받지 못하는 이상 나에게 득이 되는 일이 아니다.

사건에 휘말리면 감정소모와 시간낭비, 상대방이 정신적인 병력을 가지고 있는지도 모르는 상황이면 본인이 더 불리하다. 그러니 더는 상대하지 말고 피해 버리라는 것이다. 무조건 당하라는 소리가 아니라 현명하게 맞설지 말지를 판단하여 대처하란 당부이다.

평소에 소소한 일에 목숨 거는 사람들이 있다. 난 바보같이 당하고 살지 않겠다는 마인드이지만 일일이 잘잘못을 따져가며 살다보면 그 당시엔 뿌듯할지 모르나 세상이 그렇게 호락호락하지 않다는 걸 느끼게 되는 순간이 온다.

생각해보면 일상생활을 하면서 본의 아니게 몹시 화가 나서 싸우고 싶을 때가 많다.

그 순간 참느냐? 피하느냐? 순간 고민을 하게 되는데 이럴 때 모르는 사람과 싸우기보다 피하는 쪽을 선택하는 나 자신을 발견한다. 어쩌면 그동안 살아오면서 맞서기보다 참는 쪽에 익숙하지 않았나 하는 생각이 든다.

사회 초년생

내가 처음 직장생활을 시작한 곳에서 만난 A의 이야기이다.

A는 소위 그곳에서 실세라 여겨질 만큼 내외적으로 실력을 인정받은 커리어 우먼이었다.

사원이었지만 아무도 그녀를 함부로 대하지 못했고 20대였던 나와 나이차이가 무려 10살 가까이 났다. 그 당시 나는 사회 초년생으로 일도 서툴고 회사에 적응하느라 분주함의 연속이었다.

그녀는 나에게 먼저 다가와 이것저것 알려주며 이곳에서 적응하는 법을 일러주었다. 모든 것에 당찬 그녀가 부럽기도 했다. 하지만 A의 행동을 못마땅하게 여기는 사람들도 있었던 것이다. 그녀는 자기와 뜻이 맞는 사람들을 모아 선동하듯 행동했고 난 어중간한 자리에 끼여 어설프게 그들과 함께했다.

내가 일하던 이곳은 매일같이 손님들로 가득 찼고 그만큼 매장 직원들도 많았다.

그녀는 나와 브랜드가 달랐지만 경쟁위치에 나란히 놓여있었다. 나보다 경력이 많은 A는 재빠른 판단으로 일적으로 선수를 치는 경우가 많았고 나는 당하는 입장이었다.

발 빠른 그녀를 상대하기엔 역부족이었다. 내 상관도 아닌 그녀는 시간이 갈수록 나에게 참견하듯 지시하기 시작했다.

"너희 업체 진열 수가 너무 많아"

"담당대리 오면 이건 빼라고 해라."

"이건 이 줄로 옮기고 저건 저리로 옮기고..."

"무슨 말인지 알겠지?"

"너희 회사는 어떻게 직원대우를 그것밖에 안 해주냐?"

"아휴, 참지 말고 그런 건 다 말을 해야 해!!"

지금 생각해보면 지적하는 빈도가 도를 넘었고 쓸데없는 오지랖으로 여기저기 설치는 직원으로 생각이 되었지만 그 당시엔 정말 아무것도 몰랐다.

시간이 흘러 그녀의 세뇌교육은 나를 변하게 만들었다. 담당대리가 오면 나와 싸우기 일쑤였고, 담당이 지시한 대로 난 이행하지 않았다. 결국 담당 대리와 크게 싸우게 되던 날 A는 아주 흡족해했다.

어떻게 보면 그녀의 힘에 기가 눌린 것이었고 나도 모르게 그녀가 만든 환경에 적응이 되어 가고 있었던 것이다.

그 사건 이후 그녀는 날 아주 좋아했다. 덕분에 난 회사생활이 너무 편했다. 하지만 이런 관계도 잠시, 시간이 흐르자 나에게도 분별력이 생기기 시작했다. 주변직원들에게서 들리는 A의 행실에 관한 얘기가 거슬렸고 그녀는 그런 사실도 모른 채 나를 똑같이 대했다.

그녀는 삶의 즐거움 중 하나가 다른 매장의 남자직원들과 어울려 술 마시는 것이었다. 그 과정에서 항상 난 그녀와 남자직원 중간에 낄 수밖에 없었고 내 의사는 무시되기 일쑤였다. 이용당한걸 아는 순간 같이 어울릴 이유도 없었고 그 직장을 그만두게 되면서 그녀와도 연락을 끊게 되었다.

첫 직장의 추억이라면 다른 무엇보다 난 제일 먼저 그녀가 떠오른다. 그녀와 같은 사람은 어느 직장에서나 존재 한다.

자기보다 윗사람은 없고 곧 자기 말이 법이며 주변사람들을 동요해 자기와 뜻을 함께 하도록 만드는 것이다. 이런 직원들 특징은 지금 생각해보면 주변사람들을 선동하는 경우가 많다. 왜냐하면 모든 일이 자기중심적으로 돌아가야 되고 뜻이 안 맞을 경우에는 그 사람을 왕따를 시키고 이상한 사람 취급하는 그런 행동을 유도한다.

직장 조직생활에서는 상하 관계가 분명해야 질서가 유지되는 법인데 이 직장의 경우 똑같은 위치에서 자신의 빽을 이용해 직원들을 자기 주변으로 끌어들이는 형국이다.

어느 직장이고 이런 부류의 사람은 한 두명씩 있다.

생각해보라.

직장생활한지 얼마 안 된 처지라면 이런 부류의 사람들에게 나도 모르게 동조하게 되어있다. 머리로는 아닌걸 아는데 뭔가 불편하지만 약자 입장에서 가만히 있어야 하는 상황이 되다보면 이 직장을 오래 다닐 수가 없다는 결론이 나온다.

이런 첫 직장의 경험 덕분에 다른 직장에서도 사람을 대할 때 좋은 경험이 되었다. 겪어보지 않았다면 아무것도 모른 채로 다른 곳에서 겪었으리라.

불편한 재회

다른 직장에서 근무했을 때의 이야기이다. 이곳은 여직원보다 남자직원이 많긴 했지만 난 그저 모든 게 재미있고 일하는 게 매사 즐거웠다.

나와 같은 학교 여자 선배인 B가 내 선임이었는데 성격이 원체 남자답고 시원시원하였다. 그래도 여긴 학연, 지연 이런 것이 통할리가 없었다. 난 그저 신입사원일 뿐이었고 수첩에 일일이 적어가며 업무를 외우느라 정신이 없었다.

나이가 어린 탓도 있었겠지만 다른 직원들은 한번 씩 나를 어린아이 취급하며 나이 어린것을 부러워하곤 했다. 난 그런 관심이 부담스러웠지만 하루하루를 정신없이 일을 하며 보내고 있었다.

선임이었던 B는 몇 개월이 지나도 나를 한결같이 대했기에 관계적인 면에서 어려운 부분이 있었다. 뭔가를 물어보고 싶어도 자꾸 눈치가 보였고 B는 큰소리로 인상을 쓰며 대꾸를 하니 난 속으로 성격이 원래 저런 것인가 싶어 좋게 생각할 수가 없었다. 서로 떨떠름한 관계가 지속될 즈음 내가 실수를 저질렀다.

시간을 착각하여 쉬는 시간이 지나도록 B와 교대를 하지 못한 일이 생겼던 것이다.

조용하던 무전기에서는 고성이 오고가며 난리가 났고 B는 내가 무전을 받을 때까지 소리를 질러댔으며 다른 직원들도 놀라면서 상황을 파악하기에 이르렀다.

난 그때까지만 해도 내 잘못은 없었다고 착각하고 있었기에 다른 직원들에게 내가 맞다고 계속 주장하였다. 그러자 B에게 모두들 눈총이 돌아가면서 잘못을 지적하기에 이르렀다. 졸지에 그녀는 신입사원을 아무 이유없이 혼내는 악질 선임이 되어 버렸다.

그 이후에 오해는 풀렸지만 모든 사람들이 B에게 등을 돌린 상황은 나로서도 당황스러운 일이었다. 뒤돌아 생각해 보면 사회생활에서 각자의 이미지가 얼마나 중요한지 새삼 깨닫는 순간이었다.

나를 제외하고 다른 직원들도 똑같은 생각으로 한사람을 매도시켜버린 것은 아닌가... 난 그녀에게 사과를 해도 석연치가 않았고 사이는 점점 더 멀어질 뿐이었다. 그 후에 마트 일을 그만두면서 두 번 다신 볼 일이 없을 거라 생각하며 한편으론 안도의 숨을 쉬게 되었다.

그 이후 여자 신입 직원들이 들어왔을 때 남자직원들의 반응을 보았다. 이때 나는 답을 찾을 수 있었고 그만둔 선임이 이해가 되었다.

그 당시 B가 화낸 이유는 새로운 어린 여직원이 들어오니까 남자직원들 관심의 대상이 되었고 이성적으로도 어떤 기대심리에 온통 신입 여직원에게 관심이 쏟아질 수밖에 없는 것이다. 기존에 있던 직원은 편파적으로 대하는 것 같아 기분이 좋을 리가 만무했다. 쉽게 말해서 질투도 나고 일이 서툰 신입사원을 바로 잡아주는 것이 당연한데 공과 사를 구분 못하고 사적인 감정이 드러나니 순간 소리를 질렀던 것이다.

이런 상황을 제3자가 볼 때 신입의 실수를 타이르지 않고 불편한 감정을 드러내는 것은 상사로서 옳지 않다고 생각했기 때문에 그 당시에 B를 좋지 않게 봤던 것이다. 직장에서 이런 일들은 비일비재하게 일어나고 있다.

시간은 흘러 몇 년이 지나 아는 언니 결혼식에 참석하였는데 그곳에서 연락을 끊고 지냈던 B를 만나게 되었다. 우연히도 결혼하는 언니와 선후배 사이였던 것이다. 어색하게 인사를 하고 결혼식 단체사진을 같이 찍게 되었다.

어색한 표정과 복잡한 머릿속은 사람은 죄를 짓고 살면 안 된다는 생각과 함께 언젠가는 그것이 어떤 인연이든 언젠가 만나게 된다는 걸 느꼈다.

몇 년 뒤 아니 수십년 뒤에라도 만났을 때 어느 위치에 있어도 껄끄럽지 않은 관계를 만드는 것이 나의 평생 숙제이지 않을까 싶다. 피한다고 해결될 일도 아니거니와 언제 어디서든 봐도 인사는 할 수 있는 그런 인간관계 말이다.

지금 내 위치가 훗날 어떻게 될지는 그 누구도 모르니까…

바람둥이

예전 직장에서 일할 때 잦은 회식이 있었다. 이 회식은 나에겐 하나의 즐거움이었지만 엄마에겐 걱정거리가 될 수밖에 없었다.

회식이 시작되면 집엔 늦게 들어가게 되고 술자리가 있으니 혹여나 실수라도 할까싶어 노심초사하셨을 엄마의 걱정을 뒤로한 채 난 마냥 즐거웠다.

동료직원들과 사이도 좋았고 재미있었으며 시간 가는 줄 몰랐던 것이다. 그 중에서도 연예인 이름과 비슷한 직원 C가 있었다. 키도 크고 훤칠하니 노래도 잘해서 다른 여직원들한테도 인기가 많았던 사람이었다. 하지만 그에겐 오래된 여자친구가 있었다. 다들 호감은 있었으나 여친있는 사람이라 공적인 관계를 유지하며 지냈다.

그날도 어김없이 즐거운 회식시간을 보내고 있었다. 술은 많이 먹지 않았어도 화기애애한 분위기였고 내가 테이블 밑에 손을 내린 채 다른 사람의 얘기를 듣고 있었던 순간 누군가 내 손을 잡는 느낌이 들었다.

느낌이 이상해 밑을 내려다보니 C의 손이었다.

'허...얼...'

당황하여 손을 빼고 놀란 눈으로 그를 바라보았다. 그는 아무렇지 않은 척하며 날보고 웃고 있었다. 난 이 상황을 어떻게 해야 할지 참으로 난감했다.

'여친 있는 남자가 나에게 왜 이러는 것인가? 술을 많이 마신 거 같지도 않은데? 이건 좀 아니지 않나?'

머릿속은 복잡해졌고 손을 빼고 있으면 조금 있다가 또 손을 잡았다. 그런 행동이 두세 번 반복되니 일부러 이런다는 것을 알았고 어쩌라는 것인지 황당했다.

다음 날 회사 내에서 마주치게 되었지만 C는 나에게 아무 말도 하지 않았다. 나 역시 그 상황을 다시 거론하기도 민망하여 말없이 지나갔고 내가 그만 둘 무렵 그는 여자 친구와 헤어지게 되었다. 헤어지고 나서 그는 폐인처럼 그녀를 잊지 못했다. C의 그런 모습을 보니 황당했다. 나를 그저 찔러본 것이라 생각하니 더더욱 어이가 없었던 것이다.

몇 년 뒤 함께 일했던 직원들을 만나 식사를 하게 되었는데 그 자리에 C가 나타났다.

지금와서 보니 내가 왜 이런 사람에게 한 순간이었지만 관심을 가졌는지 그는 별로였다. 아무래도 20대 나이에 사람 보는 눈이 없었나보다. 번듯한 직장에 자리를 잡았다던 그는 나에게 관심을 표했다. 왜 그런지 모르겠지만 그땐 여자 친구가 없어 그런듯했다.

그와 몇 번을 만났지만 결국 인연이 되지는 못했다. 이젠 예전감정이 들지도 않았고 아니었던 것이라 느꼈다. 남녀가 데이트를 할 때면 서로 생각이 다르고 입장이 다를 때가 있다.

나는 데이트 장소가 어디가 좋고 어디는 피해가고 싶은데 반대로 남자는 그런 장소를 선택하는 경우가 있다. 몇 번 만났을 때 나의 느낌은 전 여친을 못 잊어서 그런지 몰라도 뭔가 그 여친과 같이 간 장소를 반복하고 있는 듯 했다. 그래서일까 내 마음이 가지 않았다. 뭔가 진실성이 없는 느낌이 들었고 바람기 많은 남자의 그런 특성을 감지했던 것 같다. 다시 만나자고 연락이 왔지만 나는 거절했다.

직장생활을 하면서 우린 많은 인연을 겪는다. 일하다보면 어쩔 수 없는 상황에 놓이게 되는 경우도 생기는데 특히나 회식자리 이후 남녀가 모여 있다 보면 간혹 사고가 생기기 마련이다.

청춘남녀가 모여 있는데 마음이 통하는 건 자연스런 일일지도 모른다. 이런 상황은 누구에게나 생길 수 있지만 이것 또한 피해갈 수도 있다. 모든 선택은 내가 하는 것이기 때문이다.

뒷감당도 내가 해야 할 몫이기에 누굴 욕하기 전에 나에게도 그런 상황이 생기면 어떻게 대처해야 하는지 잘 판단하여야 한다.

순간의 설레는 감정이나 계산적인 마음에서 나온 행동이 후에 절망감을 안겨주기도 하고 후회스런 마음이 생겨도 어찌하지 못하기 때문이다.

언제나 선택은 내가 할 탓이지만 그 상황을 피해갈 수도 있다는 걸 명심하였으면 한다.

뫼비우스의 띠

아르바이트를 하게 되었다.

내가 맡은 업무는 주로 음료진열대와 과자진열대였는데 제품이 비워지지 않게 채워놓고 진열하는 일이었다.

나와 같이 일하게 된 다른 브랜드의 언니는 아이러니하게도 내가 첫 직장에서 일했던 회사의 브랜드와 같았다. 휴무 날이 되면 한 사람의 빈자리를 대신 해 서로의 제품을 같이 진열하면서 도와주기도 하고 처음엔 친해지기 어려웠으나 점점 친해졌고 속 깊은 얘기까지 나누게 되었다.

알고 보니 언니의 남자친구는 나랑 싸웠던 첫 직장의 담당 대리였다. 세상이 어찌 이리 좁을 수가 있나 싶었다.

마주치고 싶지 않았지만 언니가 발주를 넣은 날엔 그 담당자가

오게 되었다.

피할 수가 없었던 상황에 어지간히 담당자도 놀란 모습이었다. 이왕 이렇게 된 거 솔직하게 있는 그대로 언니에게 털어놓았고 그 남자친구도 과거일이라 그런지 크게 개의치 않았다. 내심 마음이 편해진 순간이었다.

서툰 매장 일에 익숙해질 무렵 계산대에서 일하는 A라는 여직원이 있었다. 직책과 연륜이 있어 판매직원들에겐 어려움의 대상이었다. 실수를 하게 되면 예민한 A의 신경질적인 말투에 서로 눈치를 보며 조심하기 일쑤였다.

그러던 어느 날,

매장 직원들과 시간이 남아 난 다른 직원의 일을 도와주고 있었는데 A에겐 그것이 눈엣가시였는지 나에게 다가와 인상을 쓰며 말했다.

"문정씨, 남 도와줄 시간에 본인 일이나 잘하세요!!"

순간 놀라 쳐다보니 그녀는 말하는 것도 귀찮다는 표정으로 자리를 떴다. 난 기분이 상당히 좋지 않았다. 틀린 말은 아니지만 따로 불러 말을 해도 될 것을 굳이 여러 사람 보는 앞에서 면박을 주는지 이해할 수 없었다. 언짢은 내색도 하지 못한 채 난 아무 말없이 자리를 떴다. 그녀의 당당하면서도 오만한 표정은 불편하기 짝이 없었다.

A는 나이든 직원들에게는 평판이 좋지 않았는데 이유는 누구의 빽이 있는 것처럼 늘 행동을 했고, 뭐가 그렇게 당당한지 자기 마음에 안 드는 사람은 다른 직원들을 부추겨 왕따 취급을 하기도 했다.

내가 보기엔 편 가르기하는 속셈은 자기 위치를 높이 평가해주기를 바라는 것 같이 보였다. 그래서 나도 불편했는데 나중에야 터질게 터진 것이었다.

언제부터인가 그녀에 대한 이상한 소문이 들리기 시작했고 소문은 퍼질 때로 퍼져 그녀는 일을 하지 못할 지경까지 이르렀다.

소문은 이러했다.

직급이 제법 높은 관리자와 사귀는 사이였고 주위 사람이 알게 되면서 그녀의 눈치를 봤던 것이다. 뻔하지 않은가. 어느 직장이든 관리자의 눈에 나게 되면 잘리게 되는 것이다. 그러니 아는 사람들은 그녀를 조심스러워하고 바른 말도 하지 못했던 것이다. 이때 나는 대학교 생활을 병행했기 때문에 자연스럽게 그 직장을 그만두게 되었다.

몇 년이 흘러 나는 백화점 보안요원으로 일을 하고 있었다. 직원 출입구에 서서 명찰체크를 하고 있었는데 오늘 행사직원으로 왔다며 한 여자가 다가왔다. 통통한 체형의 그녀는 어디선가 낯이 익었다. 난 설명을 하고 명찰을 찾고 놀라 그 여자를 바라보았다. A였다. 시간이 꽤 지났지만 난 그녀를 잊지 않고 있었다. A는 나를 아는지 모르는지 고개도 제대로 들지 않고 아르바이트를 하러왔다며 말하곤 재빨리 사라졌다. 이래서 사람은 어딜 가나 죄를 짓고 살순 없나보다.

매장 순찰을 돌며 몇 번을 마주쳤지만 그녀는 나를 피했다. 이제 그녀의 당당했던 예전 모습은 찾아볼 수 없었고 나이가 들은 탓인지 무언가 자신이 없는 모습이었다.

예전의 나와 사이가 좋았더라면 그녀가 나를 피할 이유가 있었겠는가? 난 마음 한구석이 씁쓸했다. 살다보면 사람의 위치는 언제든지 바뀌기 마련이지만 서로 도와주는 상생의 입장이었다면 얼마나 좋았을까?

나와 지금 함께하고 있는 사람이 보잘 것 없고 약하다 해서 그 사람을 무시하면 안 된다. 오늘만 살고 말 것이 아니지 않는가?

인연을 끊고 산다고 한들 시간이 흘러 언제 어디서든 만날 수도 있는 것이다. 그래서 사람관계는 멀리 보고 대처를 해야 하는 것이다.

상대가 만만하다 해서 함부로 하게 되는 순간 훗날 치욕적인 순간으로 본인에게 돌아올 수도 있으니 말이다.

자기가 한 행동은 지워질 수 없다. 내가 살아온 한 부분을 지우고 싶은 게 있을지라도 그건 내 삶에 박제된 듯 새겨진다. 실수를 저지르고 후회되더라도 상대와의 관계를 원수처럼 만들어 놓아선 안 되는 것이다.

당신이 몇 년 뒤에 아니 그게 언제든 그 자리에 영원히 있을 거라고 자신하지 마라. 사회적인 위치는 언제든 바뀔 수 있는 것이며 그건 노력하는 사람에게 주어진다.

하루하루를 술에 물탄 듯 물에 술탄 듯 흘려보내면 아무것도 변하지 않는다. 내 인생을 변화시키고 싶다면 지금이라도 바꿀 수 있게 최선을 다해야 한다. 시간은 우리를 기다려 주지 않기 때문이다.

외모지상주의

보안직원으로 일했을 때 만난 C의 이야기이다.

어느 정도 나이와 경력도 있던 그는 무엇보다 처음엔 나에게 신경이 쓰일 정도로 잘해주었다. 하지만 같이 일을 하며 C의 성격이 점점 드러나기 시작했고 그는 상대방 외모를 평가하는 일이 잦았는데 처음 당하는 사람들은 기분이 무척 나쁠 수 밖에 없었다. 같이 일을 했던 나에게도 어김없이 외모 평을 하기 시작했다.

“문정아 너 얼굴이 좀 비대칭이네 그치?”

“네? 아 네…”

순간 당황하여 할 말을 잃었고 어영부영 그 상황을 피해버렸다. 시간이 지나 그 사실을 잊고 있을 때 같이 커피를 마시게 되었다.

내 얼굴을 빤히 보던 그가 말했다.

“문정아 코를 좀 세워 보는게 어떻겠노?”

“네???!!!”

이 같은 말이 반복되었고, 난 그때 가뜩이나 외모 지적에 신경이 날카로워졌을 때였다.

나는 애써 태연한 척 말했다.

“그냥 돈만 많다면 전신성형을 다하고 싶네요. 아니다 다시 태어나야 하나?”

반어법의 의미가 있었지만 그에겐 통하지 않았다.

“흐음...그래? 그 정도 까진 아닌데 몇 군데만 손보면 될 것 같다.”

이번엔 너무 진지하게 말하는 그를 보자 난 더 화가 났다. 속으로 오만가지 욕을 하고 있었다.

‘지 얼굴은? 거울도 안보나? 진짜 어이가 없네...’

얼굴에다 대놓고 말하고 싶었지만 신입사원인 나에게는 참을 수 밖에 없는 상황이었고 그건 C의 인성문제인 것이었다.

언제나 그렇듯 일을 하고 있던 나에게 C가 다가왔다.

“문정아 커피한잔 마시자.”

쉬는 공간에 들어선 나는 불편했지만 참고 커피를 마셨다.

그러자 갑자기 그는 자신이 사귀고 있는 여자친구에 대해 말을 하기 시작했고 핸드폰을 들이밀며 사진을 보여주었다.

사진은 충격적이었다. 여자친구는 속옷만 걸친 채로 화장대에 앉아있는 모습이었다. 어이가 없는 표정으로 그를 바라보며

"이게... 뭔데요?"

그가 내 표정을 보더니 웃으면서 말을 하였다.

"아 이거? 얘는 내 여자 친구가 아니고 업소여자야. 같이 잤거든. 가슴도 크고 몸매도 좋아 사진 잘 나왔제?"

난 그 자리에서 할 말을 잃었고 나가봐야 한다며 자리를 박차고 일어났다. 도대체 이런 상황을 어떻게 받아들여야 하는지 머릿속이 복잡해져갔고 누구에게 속 시원히 말할 수도 없었다.

그 일이 있고 난 뒤 C를 피해 다녔고 그런 그가 무서워지기 시작했다.

그러던 어느 날, 직원들끼리 언쟁이 있다하여 가봤는데 C와 다른 직원이 말다툼을 하고 있었고 일이 커져 몸싸움으로 번지는 상황이었다. 다툼의 원인은 C였다.

직원들이 쉬는 공간에서 짬을 내어 자는 모습을 핸드폰으로 일일이 촬영을 하여 관리자에게 일러바친 것이었다. C는 당당하게 자신은 잘못한게 없다고 했고 상대직원은 쌍욕을 퍼부으며

"너 같은 게 선배라는 게 어이가 없다 양아치 같은 새끼" 라며 목소리를 높였다.

다른 직원들이 싸움을 말려 끝이 나긴 했지만 둘 사이는 파국으

로 치달았다. 결국 C와 싸웠던 직원은 모두 그만두게 되었다. 그 뒤로도 그는 많은 분란을 일으켰지만 끝까지 버티고 그만두지 않았다. 물론 사과도 없고 더러워서 나간다고 직원들이 하나같이 그만둘 때마다 양아치라고 욕을 하며 나갔다.

그런데도 버티는걸 보면 내가 생각하기엔 참 대단한 멘탈의 소유자라고 여겨졌고, 아무리 상대방이 욕을 해도 개념치 않고 오히려 상대방이 나가는 상황을 만들어 버렸다.

이것도 재주라면 재주일까?

남을 밀어내고 자기가 버티는 것.

다들 불편해 하고 있는 것이 팩트였음에도 불구하고 하나같이 그에게 따지거나 말하지 않았고 오히려 상대하지 않으려 애쓰는 것 같았다. 끝까지 남는 자가 승리한다고 했던가? 결국 그도 그만두게 되었다.

내심 직원들은 좋아하였으나 그것도 잠시일 뿐 성향이 비슷한 새로운 직원이 입사하였다.

도둑을 피하면 강도를 만난다더니 헛웃음이 나왔다. 요즘 같았으면 저런 사람이 동료직원이라면 그냥 넘어갈 수 없을 것이다. 혼자 당하고만 있지 않는다.

예전에는 직장 내의 모순을 밝히는 것보다 묵인하는 일이 많았고 넘어가는 게 대부분이었다. 사실을 알리겠다고 말하는 사람이 오히려 이상한 사람이 되어버리는 불편한 시기였다.

시대가 변한 지금 상대방이 나에게 말도 안 되는 얘기를 합리화 시키듯 주장한다면 가만히 있지 않고 맞받아쳤을 것이다.

현재 직장생활에서 부당한 대우나 처사를 받고도 그만두지 못하는 사람이 많다. 더욱이 코로나시기엔 직장을 그만두는 것 자체가 힘들 수 밖에 없으니 더더욱 어려운 일이다.

일할 곳이 많아도 입사를 하게 되면 일적으로 힘든 건 견딜 수 있는데 인간관계로 부딪히면 견딜 수가 없다. 내가 보기엔 결혼해서 가정을 가지고 있는 사람은 어쨌든 조금이라도 더 버틴다. 가장이기 때문에 책임감으로...

그런데 미혼인 경우에는 책임감보다 자신이 우선이기 때문에 자존심을 버리면서까지 직장생활을 할 수가 없다고 생각하기에 그만두는 것이다.

이런 일들이 주변에서 비일비재하게 일어나고 있는 것을 많이 보기도 하고 듣기도 한다. 일자리가 없는 것이 아니고 내가 적응할 수 있는 일이 없다는 얘기가 된다. 인간관계에 문제가 생기면 정신적으로 피폐해지고 해결이 안 되면 결국 싸우거나 나가거나 둘 중 하나이다.

혼자 심적으로 고통 받는 이들이 있다면 빠른 시일 내에 해결해줄 수 있는 조언자를 찾기 바란다. 없다고 해도 혼자 아파하지 말고 풀어나갈 수 있는 전문기관에 문의해서 심적인 고통을 덜었으면 한다.

의부증

관리자 B의 얘기를 하려한다.

그는 선한 인상과 외모, 항상 단정한 옷차림과 맞물려 일까지 완벽하게 수행했던 관리자였다.

특히나 공과 사를 철저하게 구분 짓고 말도 안 되는 지시사항이 떨어져 사원들이 고충을 호소하면 융통성있게 일을 진행하는 사람이었다.

말하자면 윗선에서 지시가 내려올 때 현실적으로 직원들이 일하는데 맞지 않는다고 판단되면 과감하게 자신이 총대를 메고 직원들을 대신해 애로사항을 윗선에게 협상으로 이끌어 서로가 한쪽으로 치우치지 않고 융합할 수 있게 일을 진행하는 것이다.

이러니 밑에서 일하는 직원들은 관리자 말이라면 무조건 존중하기에 이르렀다. 당시에 내 눈에 비춰진 그 사람은 보안직업에 아주 적합한 사람으로 비춰졌다. 그리고 시간이 지난 지금에도 이 사람은 특별히 관리자로서의 책임을 결코 회피하지 않는 당당한 사람이었다.

직원들에게 B가 집들이를 한다며 초대했다.

B의 와이프는 말이 없는 스타일이었고 직원들이 웃으며 인사를 하였지만 보이는 반응은 무뚝뚝함이었다. 직원들은 와이프의 이런 모습에 의아하게 생각하였다. 집들이라면 분위기가 즐거워야 할 터인데 눈치를 서로 봐야하는 분위기였던 것이다.

여러 가지 차려진 음식에 배불리 먹고 돌아갈 시간이 되었다.

와이프가 급히 나를 불렀다.

"문정씨라고 했죠?"

"아 네..."

"대충 다 먹었으면 부엌에서 설거지 좀 하고 가요!"

"네?! 설거지요?"

난 당황했고 순간 시선이 B로 향했다.

하지만 그는 못들은 척하며 시선을 다른 곳으로 회피했다.

아...

순간 아차싶은 것이 머릿속을 스쳐지나가고 한편으론 혼자 음식한다고 준비했으니 힘들었겠거니 싶어 설거지 정도야 도와줄 수는 있겠다 싶었다. 그렇지만 설거지를 하면서 드는 생각은 '이건 아니지'였다.

내가 일하는 곳의 직속상사이긴 해도 와이프의 시중까지 드는 건 심하다는 생각이 들어서였다. 그리고 내가 이해가 안 되는 것은 와이프 눈치를 아무리 본다고 해도 말리는 시늉이라도 해야 되는데 B는 끝까지 모르는 척 하는 것이 이해가 가지 않았다.

아무리 그래도 그렇지 설거지할 사람이 여사원 밖에 없단 말인가? 다른 사원들한테는 말도 안 꺼낸다는 것이 일부러 이런 것임을 느꼈고 그 이후론 B를 다시보기 시작했다.

직장 내에서 자신의 위치를 얼마나 어필하였으면 와이프가 저런 식으로 행동할 수 있는지 그건 참으로 대단한 것이었다. 나 같으면 직원들이 나서서 설거지를 한다 해도 말릴 것 같은데 말이다. 아무리 좋은 직장이라도 직속상관이 아닌 와이프가 자기 직원처럼 부리는 건 아니지 않은가? 그리고 부탁이 아닌 명령조로 얘기를 한다는 것은 나는 아니라고 생각이 들어 섭섭했다.

그 이후에 와이프와 아들은 제집 드나들듯이 사무실을 오갔다. 올 때마다 하대하듯 말하는 어투를 보면 절로 한숨이 나왔고 너무나 불편했다. 나만 그런 것이 아니고 직원들이 전체적으로 같은 생각을 가지고 있었다.

그러다 어떤 직원이 나에게 말을 했다.

"문정아, 너 그거 아냐?"

"뭔데?"

"네 생각엔 B와이프가 왜 저렇게 들락날락 하는거 같냐?"

"글쎄... 뭐 살 것도 있고 겸사겸사 그런 거 아니겠어?"

"아니 절대 아니야."

"그럼 뭔데?"

그는 갑자기 실소를 터뜨렸다.

"하하하하하하하하하하! 남편 감시하러 오는거야."

"응? 무슨 감시를 하는데?"

"예전에 매장 여직원과 B랑 둘이 눈이 맞았는데 걸려가지고 여기 와서 한바탕 난리가 났었어."

"응?! 진짜?"

난 믿을 수가 없는 얘기에 충격을 받은 것처럼 머리가 멍해지기 시작했다.

'아...그래서 와이프가 감시차원으로 자주 온 것이구나. 여자라면 무조건 경계를 했을 것이고 신경이 쓰였던 것이야.'

그렇게 생각이 들자 여태껏 와이프가 보인 행동이 이해가 갔다. 역시 사람은 겪어봐야 알 수 있는 것이다.

이유 없는 핑계 없고 핑계 없는 이유가 없듯이 지금 현재에도 비밀스런 만남을 가지고 있는 사람은 어디에나 있다.

배우자가 그런 사실을 모르고 넘어가든 알면서도 묵인하든 부부의 세계란 참으로 미묘하다.

이런 경험을 한 사람들의 말을 들어보면 이러하다.

대부분 상대의 외도를 알게 되면 제일 먼저하는 행동은 상대가 누군지 알아보고 자신과 비교를 하기 시작한다. 그러곤 나보다 아닌 것 같을 때 자존심이 상하고 더 깊은 절망감을 느낀다고 한다. 그러면서 고민에 빠지게 된다.

같이 살 것이냐? 말 것이냐?

상대방 의중을 파악하게 되면 그때서야 결심을 하게 된다. 헤어지는 것보다 가정을 지킨다는 명목 하에 없었던 일로 만드는 걸 우선으로 선택하던지 아님 더 이상 결혼생활을 지속할 수 없다는 판단 시에 헤어질 것을 결심하게 되는 것이다.

헤어진다고 말을 하고 몰래 관계를 유지시키는 경우도 허다하다. 부부가 평생 한 사람을 바라보고 사랑의 감정으로 산다는 건 현실적으로 맞지 않을 수 있지만 또는 지고지순하게 한 사람만 바라보고 사는 사람도 의외로 많이 본다. 남자든 여자든 가정은 지키되 다른 사람도 몰래 만나고 싶은 것이 본디 사람의 욕구가 아닌가 싶다.

왜냐? 궁금하니까.

제일 먼저 중요한건 한순간의 일탈로 끝날 것인지 오래갈 것인지 상대를 잘 파악 해 보는 것이다. 그런 다음 도저히 살 수 없을 것 같으면 주변사람에게 여기저기 고민을 털어놓지 말고 전문 변호사를 찾아가서 어떻게 해야 되는지 자문을 구하고 비밀스럽게 준비해야 한다.

어설프게 행동하다 마음의 상처만 입고 빈털털이로 전락할 수 있기에 배우자의 바람으로 이혼을 생각한다면 독한 마음을 먹고 진행해야 한다.

참는 게 능사가 아님을 세대에 따라 대처하는 법도 판이하게 다르고 사는 법도 다르다는걸 인지해야 이 험난한 세상을 살아갈 수가 있다.

결혼생활이 끝났다고 해서 인생이 끝난 것은 아니다. 또 결혼생활을 지속한다고 해서 행복하게 인생을 마무리한다는 보장도 없다. 중요한건 나 자신을 바라보고 후회 없는 삶을 사는가 아닌가 돌아보는 것이다. 나름대로 답이 나오면 그것이 나를 지탱해주는 이유가 될 것이다.

이중인격

회사 대표 C의 이야기이다.

그가 회사에 떴다하면 모든 직원들이 고개를 숙이기에 바빴고 그의 위치를 파악하느라 모두 분주하다. 왜냐하면 흐트러진 모습을 C에게 보여주게 되면 지적을 당하거나 불이익을 당할 수 있기 때문에 그가 떴다하면 직원들 사이에서 비상이 걸린다.

비서가 따로 있지만 비서보다 더 정확한 정보를 어찌 그리 잘 아는지 직원들의 TMI는 실로 대단한 것이었다. 직원들에겐 대하기 어려운 상대였지만 다들 본인들이 그 누구보다 잘 보이려 애썼고 노력하였다.

그러던 어느 날,

그 당시 조용하던 건물에 지진이 발생한다. 강진은 아니었지만 약한 지진으로 짧은 시간 흔들거리는 정도였으니 놀라운 강도였다.

다들 우왕좌왕하는 와중에 난 황당하면서도 내 눈을 의심케 하는 광경을 목격하고야 만다.

그래도 회사의 대표인데 직원들의 안위는 걱정하지 못할지언정 혼자 살겠다고 에스컬레이터를 초고속으로 뛰어서 내려가는 C를 본 것이다.

여태껏 봐왔던 걸음걸이가 아니었고 그 누구보다 빠른 몸짓이었다. 무언가 허탈하면서도 허무한 마음이 들었다.

'그래... 앞으로 자연재해나 사고가 발생한다면 남을 생각하는 사람들은 다 죽는 것이고 이기적인 강자들만 살아남겠구나.'

우리가 먼저 살아남는다면 우리의 역할을 다하지 못했다며 질타를 할 것인데 저 사람은 뭐가 대단해서 혼자 살아남을까? 다 같이 죽어야 된단 소린 아니지만 C의 본성을 제대로 보고 느낀 것이 이제라도 다행이란 생각이 든다.

잊혀질 즈음 회사 내에 절도사건이 발생했고 직원 한 명이 그만두게 되었다. 그 일의 보고는 C의 귀까지 들어가게 되었고 우리부서까지 찾아와 자초지종을 물었다.

관리자가 나서서 설명하였고 그 말을 천천히 듣고 있던 C는 인상을 쓰며 언짢은 표정으로 말을 이어나갔다.

"그러게... 본인의 수입에 맞지 않는 옷을 입고 다니면 의심해봤어야지!!!!!!"

지 수입이 얼만데 그런 옷이 가당키나 하겠어? 직원관리를 어떻게 하는 것이요? 앞으로 철저하게 관리해 알았어?"

그 말을 들은 직원들은 분노할 수밖에 없었다. 왜냐하면 잘못한 직원 한 명 때문에 다른 직원들까지 똑같이 취급한다는 게 어이가 없었다. 절도의 죄는 용서받지 못해도 다른 직원들까지 싸잡아서 저런 말을 한단 말인가!

평상시에 직원들을 얼마나 무시를 했으면 저런 막말을 하는지 그 사람 인격이 다시금 인지가 되는 일이기도 했다.

얼마 전 지진이 일어났을 때의 행동이 다시 떠올랐다.

그럼 우리 같은 직원들은 일하면서 싸구려 옷만 입고 다녀야 되고 명품은 언감생심 입을 수도, 착용할 수도 없단 말인가? 가지고 다니면 도둑질이라도 해야 그런 일이 가능하다고 보는 것인데 이건 모욕감과 치욕감 더 나가서 퇴사의 이유가 될 만한 내용이었다.

C가 말을 하는 내내 관리자는 말 한마디 제대로 하지 못하고 죄지은 사람처럼 고개를 푹 숙이며 들지 못하는 모습에 더욱 내 자존심이 상했다.

우리 관리자는 왜 저렇게 당당하지 못한가... 직원의 탓이긴 하지만 저렇게까지 고개를 숙여야 되는 것인지 심한 상실감이 들었다.

사람의 본성은 때에 따라 나타나는 법인데 언젠가는 숨길 수 없는 본인의 성격이 드러나게 되고 속마음이 보이기 시작한다.

한 회사의 대표가 아랫사람을 자기 발밑으로 보고 하대하며 끊임없는 폭언을 퍼붓는다면 과연 끝까지 함께 할 사람이 과연 몇이나 될까?

다들 돈을 벌기위해 가정에서 혹은 독립하여 불편함은 감수하고 자존심도 버려두고 일을 한다. 자영업자도 그들만의 고충이 있고 사무직 사람들도 힘든 건 매한가지다.

돈을 벌기란 쉬운 게 하나도 없다. 아르바이트도 마찬가지이다. 누굴 만나 어떤 일을 하고 어떤 대우를 받을지는 자신도 장담할 수 없다. 하지만 어느 조직에서나 상하관계가 만들어져 있고 사칙에 따라 움직이며 행동하지만 상사가 너무 싫은데 같이 일하는 것만큼 고통스러운 것도 없다. 내일 아침 나락으로 떨어지는 것도 시간 문제이다.

지금부터라도 내 직장생활의 인간관계가 어떠한지 돌아보는 계기를 마련했으면 좋겠다. 말 한마디에 사람이 살고 싶은 마음도 생기고 죽고 싶은 마음도 생기는 법이다.

하루살이 인생

예전 언론매체에서 모 마트의 소식을 접하게 되었다.

50대의 남성은 마트에서 절도죄로 억울한 누명을 쓰게 되었고 그에 따른 보상과 처우를 제대로 받지 못했다며 인권유린을 당했다고 주장했다.

남성의 말에 따르면 보안직원들이 자신을 사무실에 감금한 상태로 본인의 말을 들어주지 않았고, 훔치지 않았다고 말을 했지만 소리를 지르면서 자백하라고 계속 강요했다는 것이다.

그 과정에서 폭행과 협박을 당했다고 주장하였다. 하지만 마트 측의 입장은 달랐다.

남성은 앞서 두 차례 정도 절도용의가 있는 행동을 해 조사를 하는 과정에서 경찰에 신고를 했고 경찰이 올 때까지 데리고 있었으며 폭행은 없었다고 했다.

그날 이후 마트에서는 위로품을 보내는 명목으로 집으로 가스렌지와 쌀 등을 보내줬다고 한다. 보도의 파장은 컸다. 보안업체는 다른 업체로 바뀌었고 해당직원은 경찰서에서 조사를 받았다.

이 사건은 누구의 잘못일까?

아무래도 보안직원이 남성을 절도범으로 오인해 대처한 것이 제일 큰 문제가 될 것이다. 하지만 기사내용을 자세히 보면 이 남성은 두 차례 절도용의가 있는 행동을 했다고 한다.

그럼 보안직원이 생사람을 잡은 건 아니란 소리가 된다. 사건 당일 이 남성은 물증있는 모습이 포착되지 않았지만 심증은 100프로인 것이다. 영상으로 확인할 수 없는 부분이기에 양쪽의 말이 다를 수 있고 제 3자가 판단하기엔 이른 부분이 있다.

예나 지금이나 절도범 검거엔 물증없이 사람을 함부로 판단해선 안 된다. 그 남성에게 뒤늦게라도 도난된 제품이 발견되었더라면 직원은 오히려 회사에서 인정받는 계기가 되었을 것이다. 증거가 없다면 때를 기다리고 다음 기회에 확실한 물증이 확보 될 때 행동으로 취해야 한다. 누군가는 억울한 입장일 수 있겠지만 보안직원들이 좀 더 신중을 가했더라면 하는 안타까운 마음이 든다.

체계가 엄격했던 시절 마트에서 일할 때 출입구에 서서 인사를 하고 있을 때였다.

카트기에 물건을 잔뜩 실은 젊은 부부가 계산대로 다가왔다. 계산 후 출구로 나가던 부부에게 감지기에서 삐비비삑하는 소리가 울렸고 카트기를 보며 난 뛰어나갔다.

모든 사람들의 시선이 일제히 부부에게로 쏠렸고 얼굴이 빨개져가는 남편이 날 쳐다봤다.

난 빨리 상황을 수습해야 했다.

"고객님, 고객님께서는 계산을 다하셨지만 간혹 계산원의 실수로 도난방지택이 제거되지 않아 감지기에서 소리가 울리는 경우가 있습니다. 제가 물건을 잠시 확인해 봐도 되겠습니까?"

실제로 계산원의 실수로 도난방지택이 제거되지 않는 경우와 다른 경우는 물품을 계산하지 않고 들고 가는 일이 있기에 응대할 때 신중하면서도 조심스럽게 대해야 하는 부분이었다.

내 말을 들은 와이프가 난감한 표정을 지으며 어서 확인해보라 했고 영수증과 대비해보니 애기신발에 도난방지택이 제거가 되지 않은 걸 확인하였다.

이 경우에는 계산원이 잘못을 한 것이다. 난 고객에게 죄송하다며 빨리 제거해 드리겠다하고 계산대로 뛰어갔다.

그러자 남편이 소리를 질렀다.

"씨발!!!!!! 지금 장난치나? 멀쩡한 사람을 도둑놈으로 만드네. 씨발년놈들아 !!!"

소릴 듣고 놀란 나는 뒤돌아보았고 남편은 카트기를 발로 뻥 차면서 계산 한 물건들을 밖으로 집어던지기 시작했다. 그의 얼굴은 곧 터져버릴 것 같았다.

난 신속하게 캐셔직원에게 제거를 부탁한 뒤 물건을 받고 부부에게 뛰어갔다. 남편은 화가 가라앉지 않은 상태로 쌍욕을 퍼부었고 난 연신 죄송하다며 사과하기에 바빴다.

큰소리에 놀란 선배가 달려왔고 경험치가 많았던 선배는 능숙하게 고객을 상대하여 집으로 귀가시켰다.

부부의 입장에선 충분히 기분이 나쁠 일이다. 기분 좋게 쇼핑하러 나왔는데 이런 상황을 당했다면 그 누구라도 쉽게 넘어가진 못할 것이다. 하지만 마트의 입장에서는 물건하나라도 분실되는 걸 막기 위해 기계를 설치하고 인력을 동원해서라도 손해를 막으려 한다. 그 과정에서 생길 수 있는 이런 상황의 수습은 소속되어 있는 부서의 직원들이 오롯이 해결해야할 몫이었다.

다른 예로 직원들이 힘을 모아 실제 전과가 있는 절도범을 검거하고 회사에서 수고했다며 포상금이 나오는 경우엔 능력을 인정받고 있다는 생각과 함께 뿌듯함을 느끼며 직업에 대한 자긍심을 가지게 한다. 하지만 아홉 번 잘하다가도 한번 실수에 잘못될 경우 업체와 직원이 잘려나간다.

직원 한 명이 사업장에 작은 흠집이라도 만들 때는 가차없다. 관리자는 꼬리 자르기를 시전하고 사원들은 감내하며 퇴사수순을 밟는다. 용역업체인 보안 회사들은 재계약을 성사시키기 위해 관리자들은 갑의 위치에 있는 사람들에게 잘 보이려 애를 쓴다.

재계약의 기간에는 위에서 하라는 대로 까라면 까고 안하던 일까지 도맡아 한다. 일반직원들에겐 공개되지 않는 그들만의 계약이 이루어진다. 이건 용역업체의 어쩔 수 없는 무한반복의 루트인 것이다.

그럼 마트나 백화점 등 큰 건물에선 정직원을 왜 안 쓰는가 의문점이 들겠지만 보안직원이 정직원이 되는 것은 가능성이 희박하다. 정직원이 주는 무게와 사명감을 계약직도 가져보고 싶지만 그럴 수 없다. 만약 모든 보안직원들이 계약직이 아닌 정직원이라면 평생 직장으로 책임감을 가지고 일을 할 것이다. 계약직과 정직원의 차이는 무시할 수 없다. 이건 어딜가나 골칫거리지 않은가?

생계와 연결된다면 모든 수단을 동원해서라도 살아남아서 일을 하려고 할 것이다. 생각을 바꿔보면 악착같이 행동하는 그들의 입장도 이해할 수 있다.

부산에서 제일 큰 백화점이 입성하였다.

난 가오픈 행사 때 쇼핑하러 백화점을 방문하게 된다. 시간은 오픈 전이라 사람들이 줄지어 서있었고 중간에 끼여 오픈되기만을 기다리고 있었다. 그 순간 어디서 많이 본 듯한 사람들이 바리게이트를 치고 안내하였다.

어디서 많이 봤는데??

얼굴을 찬찬히 보니 예전 직장에서 같이 일한 직원들이었다.

'이런데서 한꺼번에 다 보다니...!!!!!'

나와 각기 다른 직장에서 만났던 사람들이 한 곳에 모여 있는 상황이 당황스러우면서도 세월이 꽤 흘렀음에도 보안직업을 선택해서 일하고 있는 모습에 고개를 갸웃거리게 만든 순간이었다.

내가 먼저 아는 척 할 수도 있었지만 괜한 오지랖 같아 모르는 척 그곳을 지나치게 되었다. 씁쓸하면서도 많은 생각을 가지게 했다. 이 세상엔 수많은 직업들이 존재한다.

첫 직장이 어떤 곳인지에 따라 내 평생직장이 되기도 하고 미래가 결정되어 지기도 한다.

그만큼 첫 직장이 중요하단 뜻이다. 예를 들어 경비직종에 오래 종사하던 사람들이 그만두고 전혀 관련없는 직종을 택하는 건 힘들다는 뜻이다. 일부분은 다른 직종으로 성공하는 사람들도 있지만 극히 드물다.

보안으로 시작했다면 내가 해봤던 경험을 살려 똑같은 직종을 선택하게 되는 계기가 된다. 편한 직업이라 생각할지 몰라도 정신적인 스트레스는 이루 말할 수 없다.

백화점에서 오래 일했던 상사는 몸이 아파 그만둘 무렵 새로운 직장을 찾아야 했는데 어렵게 한 건물의 보안직원으로 입사했다.

입사도 잠시 본인보다 훨씬 나이 어린 직원들에게 무시와 괄시를 당했고 나이가 많은 그는 그들과 어울리지 못했다. 백화점에선 직급이라도 있었지만 나와 보니 밖은 생각보다 냉정하고 살벌한 곳이었다.

20대의 젊은 직원들에게 몸과 마음이 지쳐갔고 처음부터 다시 시작하려니 아득했던 것이다. 많은 나이에 선택지는 좁고 신입으로 일을 한다는 것 자체가 심적인 고통과 부담감으로 느껴졌다.

이처럼 준비되지 못한 채로 그만두게 되면 그게 타의든 자의든 고생길을 맞이하게 된다. 현실은 나이가 많다고 해서 인정해주지 않으며 누구하나 친절히 먼저 다가오는 이도 없다. 견디다 못해 그만두게 되었고 백화점에서 그를 다시 불렀을 때 처음엔 거절하였다. 자존심도 상했었고 두 번 다시 오기 싫었던 직장이었었기 때문이다. 하지만 현실적으로 생각하면 선택의 여지가 없었다. 결국 생각을 바꾸었고 다시 돌아오게 되었다.

그는 이곳에서 두 번 다시 나가지 않으리. 아니 퇴직하기 전까진 뼈를 묻기로 결심한다.

직장 내에서 퇴사를 쉽게 생각하는 이들에게 그는 항상 본인이 예전에 겪었던 일을 얘기하며 다시 한번 생각해보라는 권유를 하곤 했다. 하지만 젊은 세대들은 그의 말이 와 닿지 않았다.

그들이 그만두는 이유는 천차만별이었으나 주로 하는 업무에 불만을 가지면서 퇴사를 하는 경우가 많았기 때문이다.

각 세대별로 보안직원들의 업무 방식 및 대처도 달라진다. 약 20년전 보안직원들은 마트나 백화점 쇼핑몰 같은 곳에서 도난에 민감했다. 하나라도 매장에 피해를 줄이기 위해 고객들을 위한 서비스보다 출입구와 매장 내에서 분실을 막기 위해 혈안이 되어 있었다.

또한 군대와 다름없는 직원체계와 구조가 형성되어 엄격했다. 직장 분위기를 모르고 입사한 사람들은 견디지 못하고 그만두었고 나도 처음엔 이런 체계에 익숙해지기 위한 시간과 노력이 필요했다.

세월이 흐르자 절도범 검거가 목표가 아닌 고객서비스와 도난예방을 목적으로 일의 흐름이 바뀌어 갔다. 회사 내 군대식의 체계는 점차 바뀌어갔고 후배들에게 그런 행동을 했다간 관리자에게 정신교육을 받기 일쑤였다. 군기를 잡기위해 잘못 참교육 했다간 나도 모르게 꼰대가 되어버릴 수도 있다는 것이다.

한동안 난 이런 생각에 빠져 일한 적이 있었다.

'무조건 고객 서비스를 우선적으로 하라고? 아니 이럴 거면 보안요원을 왜 세워두는 거지? 그냥 차라리 안내직원으로 뽑는 것이 더 맞는 게 아닌가?'

물건도난과 관련된 사람을 우리가 잘못 응대할 경우 사업장에 미치는 파장이 그만큼 커지는 분위기였다. 최악의 경우 업체가 사라지고 직원들이 잘린다.

책임자들도 가정이 있는 사람들 대부분인데 누가 혼자 총대를 메고 직원들을 보호할 것인가? 하지 않는 것이다. 못 하는 게 아니라 하지 않는 것…

그 대신 고객서비스와 도난예방을 주로 하라는 취지를 강조하며 귀에 못이 박히도록 주입을 시킨다. 아무리 경력이 오래 되었다 해도 모든 사람들에게 인정받지 못하는 직업의 특성상 이와 같은 사람들의 편견과 시선은 절대 바뀌지 않을 것이다.

불공정한 CS평가

예전 직장에서 고객서비스의 방식에 대해 불편함을 가지고 일한 적이 있다. 그것은 본사에서 직원이 나와 우릴 테스트하면서 부터였다. 평가직원이 고객으로 위장해 일하고 있는 직원들에게 다가가 응대를 어떻게 하는지 여러가지를 테스트하고 점수를 매긴다.

점수미달이 되면 전체교육을 받아야했고 그 수위는 점차 높아져 하루에 수백 명 수천 명이 왔다갔다하는 백화점 내에 언제 테스트 할지도 모른다는 불안감과 긴장감으로 마음 편히 일을 할 수 없었다.

평가지엔 날짜, 시간, 장소와 응대한 직원이름이 정확하게 나왔고 미소 인사 응대법을 관찰해 관리자에게 보고가 되었다.

그러던 어느 날,

CS평가가 나왔는데 관리자가 인상을 쓰며 말했다.

"문정아 응대점수가 형편없다. 도대체 이게 어떻게 된 건데?"

나 때문에 직원전체가 교육을 받게 될 지경이었다. 직원들에게 너무 미안했지만 순간 화가 나기 시작했다. 아무리 생각해도 헛웃음밖에 나오지 않는 상황이 떠올랐기 때문이다.

평가직원은 식품코너 앞에 있던 나에게 다가왔다.

"저기요."

"네 안녕하십니까 고객님, 무엇을 도와드릴까요?"

"여기서 ㅇㅇ동으로 가는 버스를 타야 되는데 몇 번 버스를 타야 되죠?"

"고객님, 버스번호 말씀이십니까?"

난생 처음 듣는 동네와 버스번호를 알지 못했고 안내직원에게 물어보려던 찰나 식품코너에서 일하고 있던 판매이모가 재빨리 말을 하였다.

"어디? ㅇㅇ동? 그거 여기서 나가가지고 쭉 올라가면 버스정류장이 있어요. 거기서 ㅇㅇㅇ번 타고 가세요."

빠른 속도로 응대하던 이모를 물끄러미 바라보던 평가직원은 당황한 듯 "아...그래요?" 라고 했고, 말도 얼버무리듯 제대로 끝맺음도 하지 못하자 난 마무리 멘트를 하고, 점심시간이 되어 남사원과 교대를 했다.

그날 평가직원은 나에 대해 일을 아무것도 모르는 직원으로 취급하고 남사원과 교대를 하는 모습을 보며 직원과 웃으면서 잡담을 했다며 최악의 점수를 주었다.

난 모든 사실을 관리자에게 보고를 하면서 평가직원의 질문에 이의를 제기했다. 백화점 내에 관련된 질문을 하는 게 맞지 않냐며 버스번호를 물어보는 건 CS직원의 실수가 아니냐는 점이다.

사실 여태껏 저런 질문으로 평가받은 게 처음이었거니와 보통의 질문은 매장위치, 화장실, 영업시간 등을 주로 물어보는 것이었다. 그리고 교대시간에 화를 내면서 말할 수 없기에 웃으며 인수인계를 하고 간 것일 뿐 잡담은 일체 없었다고 했다. 하지만 돌아오는 건 내 탓이라는 말 뿐이었다.

관리자는 과정을 보는 게 아니라 결과만 받아들이고 믿으려했다. 이때만 생각하면 아직도 억울한 감정이 불쑥 솟아오른다.

도대체 CS평가가 무엇이기에 사람을 피 말리게 하는지 절도범이 있다는 제보를 받고 숨어서 관찰하고 있어도 지나가는 고객의 '저기요' 란 말에 반사적으로 무조건 웃으며

"네 안녕하십니까. 고객님 무엇을 도와드릴까요?" 라고 해야 했다.

이건 도대체 누굴 위한 평가인지 알 수가 없었다. 안내데스크라면 웃어야 하지만 보안요원은 절도범을 감시해야 되는 역할도 주어진다. 그러기에 심증이 가는 사람이 있을 때에는 그 사람만 보게 된다. 이런 상황에서 어떻게 웃으면서 한눈을 팔수가 있단 말인가?

취지는 좋으나 직원들에겐 쓸데없는 감정소비만 했던 평가로 기억된다.

고객서비스를 최우선으로 여겼던 그 시절,

CS평가만이 모든 직원들을 판단 할 수 있으며 진정한 서비스를 할 수 있다는 것인가?

고객들이 바라는 게 과연 이런 것일까?

쇼핑을 하면서 불편한 점 없이 기분 좋고 편안한 쇼핑을 하는 게 제일 좋은 거 아니던가?

언제부터 모든 고객들이 직원의 인사 멘트를 점검하고 친절함을 평가하고 기록하며 안 웃으면 지적질을 한단 말인가?

이건 형식적이다 못해 보여 주기식 밖에 안 되는 것이다. 모든 걸 가만히 앉아서 보고서만 보고 듣길 바라는 그분들을 위한 것이 아닌가? 한마디로 탁상공론인 것이다. 본인들이 직접 현장에서 일해 보면 생각이 달라질 것이다.

사람의 감정과 마음은 개개인마다 다르기에 어떻게 대처해야 그들이 만족하는지는 겪어봐야 알 수 있다. 매번 예측할 수 없는 상황들이 발생을 하고 유연한 대처를 해야 하는 건 직원들의 몫이다. 앉아서 평가지만 받아서 이러쿵 저러쿵 하는 사람이 어떻게 고객서비스를 운운할 수 있는가?

고객서비스를 중요시 여기되 각 사원들이 할 수 있는 자신들의 위치를 정확하게 짚어줘야 한다는 것이다. 군대 전방에서 총을 들어본 군인과 후방을 지키는 군인들의 차이점 같다.

보안직원들에겐 고객들에게 친절함은 기본으로 때에 따라 긴장감 있게 일해야 될 때에는 그들이 제 역할을 다 할 수 있게 봐주는 것만으로도 힘이 되는 게 아닌가 싶다.

형식적인 멘트와 자세를 평가할 것이 아니라 제 역할을 다하는 모습을 볼 때 그것이 진정한 CS평가로 기록되어야 할 것이다.

도찐개찐

서비스직에 오래 일하면서 참 바뀌지 않는 현상이 있다.

건물 내의 보안, 미화, 택배, 배달은 어딜 가나 볼 수 있는 업종들인데 이들끼리 서로 싸우고 무시하는 경향이 많다.

보안요원들은 어떻게 보면 모든 직원들을 통제하기도 하는 역할이라 이들에게 지시사항을 전달하기도 하고 같이 도와가며 일을 하는 경우도 있다. 하지만 일을 하다 보면 다른 직원들을 무시하는 경향이 있고 마찬가지로 이들도 똑같이 보안요원을 무시하는 경우가 이 생긴다. 다들 겉으론 웃고 있지만 속은 불편한 것이다.

예전에 연세가 있는 미화아저씨가 여사원들만 보면 밝게 웃으며 안부 인사를 건냈었다.

나도 오고가며 자주 보기도 하니 인사를 하곤 했는데 더웠던 여름날 시원한 커피 한 잔 마시라며 직접 커피믹스를 타서 병에 담아 들고 오기도 하였다.

마음은 고마웠지만 괜찮다며 양해를 구했고 잠시 화장실 가는 통로에서 그들이 하는 얘기를 우연히 듣고 난 충격에 빠졌다. 직원들은 날 보지 못한 상태에서 대화를 나누고 있었는데 조근 조근한 말투로 인상을 쓰며 한숨을 내쉬었다.

미화원1: "아휴... 요즘 자꾸 비상계단에서 누가 담배를 피워요! 치우기도 너무 짜증나고 번거로운데 대체 누가 저렇게 맨날 담배꽁초를 버려놓는지."

미화원2: "저기를 아는 사람도 많지 않을 텐데 잘 알고 있는 사람이 피는 거 아니요?"

미화아저씨: "그래서 말인데 내 생각엔 저 앞에 로비 아가씨들이 피는 거 아니야? 제일 거리상 가깝고 누가 봐도 아가씨들 같은데?!"

미화원1: "설마... 그런가?"

충격적이었다. 난 그 자리를 순식간에 뛰어나가며 쳐다보았고 그들은 갑자기 말을 멈추었다.앞에선 그렇게 웃으며 잘 대해주더니 뒤에 가선 저렇게 험담을 늘어놓고 있었다. 한동안 우리 눈치를 보며 미화아저씬 피하는 듯 했다.

놀란 마음도 잠시 또 한번 충격을 받는 일이 벌어졌다.

용량이 큰 쓰레기가 쓰레기장에 버려져 있었고 그게 뭔지 몰라 미화직원이 보안요원에게 물었다.

미화원: “저거 누가 버린 거예요?”

보안요원: “아...저거 위에서 치우라고 지시가 내려와서 거기 두었어요.”

미화원: “아...그럼 버려야겠네요.”

보안요원: “네 그럼 수고하세요.”

이 대화를 들은 후 잠시 일이 있어 쓰레기장 옆을 지나가게 되었고 격양된 아저씨의 목소리가 들려왔다.

미화원1: “아이씨!! 이 경비새끼들 쓰레기를 이딴 식으로 버리고 가네.”

미화원2: “놔둬요!! 제가 치울테니...”

미화원1: “아니요!! 내가 치울게. 경비새끼들 짜증나게 하는구만.”

난 내 귀를 의심했지만 분명 그 쓰레기를 보며 보안요원 욕을 하는 모습이었다. 누구나가 맘에 들지 않는 사람 앞에서 앞담화를 하긴 쉽지 않다. 싸우기 싫고 일을 크게 만들기 싫어 뒷담화를 많이 하지만 서로 이해하고 배려하는 모습이 없기 때문에 이런 현상이 반복되지 않나 싶다.

각자 주어진 역할의 일만 하려고 하고 상대방에게 지시할 때나 말을 할 때 우리도 어쩔 수 없으니 해달라고 요구 한다.

그럼 상대가 우리의 상황을 이해하고 받아들여주면 좋겠지만 현실은 그렇지 않다. 그들도 그들의 사정이 있는 것이다.

대체적으로 어느 사업장에나 보안직원은 나이대가 젊은 직원들이 많고 미화원는 연세가 있는 분들이 많다. 그로인해 서로 대화의 소통이 되지 않는 경우가 종종 있다.

말투나 행동에 따라 누군가는 오해를 하고 받아들이기에 불편한 모습들이 반복적으로 나타나 서로 무시하기에 이른다.

택배기사의 경우 엘리베이터를 이용하는 과정과 여러가지 다른 민원으로 인해 보안직원들이 통제를 하고 이의를 제기하면 그에 따른 반박으로 말투나 행동에 따라 서로 사이가 나빠지는 경우가 있다. 그들도 어느 정도 나이가 있는 사람들일 경우 직업을 무시 받는다는 느낌이 들고 그렇게 악순환이 반복된다.

배달기사도 마찬가지로 아파트 내 갑질이니 뭐니 한참 말이 많을 때도 그곳만의 규칙을 모른 채 행동하다보면 문제가 생기고 일이 커진다. 신속하고 정확한 배달은 배달기사들의 주된 업무이고 아파트 내 규정대로 행동할 수밖에 없는 보안직원들과 마찰을 일으킨다.

모든 것이 그들만의 사정을 이해하지 못하기에 일어나는 문제들이다.

직업에 귀천이 없다고는 하지만 이쪽과 전혀 관련 없는 일반사람들이 본다면 네 가지 직종 전부 똑같이 볼 뿐이다.

누가 더 좋은 직업이고 아니고를 떠나 다 같은 서비스직에 똑같은 사람들이라 생각하는 것이다. 그런데 그 직종을 가진 이들이 모여 일하는 사람들만 현실을 인지하지 못하고 서로를 낮추고 험담하고 무시하니 정말이지 웃픈 현상이 아닐 수 없다.

허나 이 직종들은 모두 우리가 생활하는데 있어 항상 필요로 하는 사람들이 모인 곳이다. 그들없이 우린 일상생활이 힘들다. 한 건물이나 아파트에 보안 경비가 없다고 생각해보라.

하루하루가 치안걱정에 불안할 수밖에 없을 것이고 택배 배달기사 분들이 없다면 물건을 배송할 수도 없고 배달음식을 먹을 수 없어 불편한 생활을 할 수 밖에 없을 것이다.

눈이 오나 비가 오나 그들이 있기에 우리가 좀 더 안락하고 윤택한 삶을 살 수 있다.

미화직원들이 없으면 어떠한가? 항상 더러운 상태에서 누가 쓰레기를 치울 것이며 그들의 일을 대신한단 말인가?

이처럼 우리에겐 없어서는 안 될 필요한 직종의 사람들이며 그들을 함부로 무시 할 수도 없다. 어떤 이에겐 유일한 생계수단이 되기도 한다. 흔히 아무나 할 수 있는 직장이라 여기며 우스울지 모르겠지만 이것이야말로 정말 아무나 할 수 없는 것이다.

그런 그들의 직종을 우러러 보는 것까지도 바라지 않지만 한번이라도 마음속으로 고마운 마음을 가져보는 것이 어떨까?

이렇게 생각하는 사람이 하나하나 늘어갈 때 직장의 처우가 개선되고 발전되어 먼 미래엔 더 이상 무시할 수 없는 직장으로 거듭나길 간절히 바래본다.

회식의 본심

세상에 완벽한 사람은 없다. 일도 막힘없이 잘하고 인성까지 고루 갖춘 사람이 있을까?

작정하고 찾아보면 어딘가에 있을 수 있겠지만 찾기가 너무 힘든 현실이다.

보안직원으로 근무 할 때의 일이다. 회식을 한 적이 있다.

언제나 그렇듯 회식의 마무리는 노래방이었고 한참 재미있게 직원들끼리 놀고 있었는데 갑자기 관리자가 인상을 쓰며 수근 거렸다. 무슨 일인가 싶어 쳐다보았고 무언가 눈치가 보이기 시작했다.

이윽고 그가 말을 이어나갔다.

"문정이랑 ○○이는 이제 집에 가야지. 시간도 늦었고 내일 출근해야 되잖아..."

이때까지만 해도 여사원 걱정을 해주는 것 같았고 고마운 마음에 다른 직원을 바라보았다.

그러자 다른 직원들의 표정이 좋지 않다는 걸 느꼈다. 난 궁금한 마음에 옆에 있던 남직원에게 물어보았다.

"진짜 우리 먼저 가도 되는 건가요?"

그러자 남직원이 인상을 쓰며 말했다.

"문정아 가지마라. 저 사람들 여사원 보내고 도우미 부르려고 그러는 거다."

'엥? 노래방도우미?'

난 당황했고 얼마나 여자를 불러 놀고 싶었으면 회식자리에서 저러나 싶어 이쯤에서 빠져 주는 것도 괜찮은거라 생각하긴 개코나. 갑자기 나도 기분이 좋지 않았다. 한참 재미있게 놀고 있는데 무슨 도우미? 그래서 관리자에게 말을 했다.

"저희 조금 있다 갈게요. 이제 한참 재미있는데 그럼 안 되나요?"

그의 표정은 좋지 않았고 다른 직원들에게 빨리 보내라는 손짓을 하였다. 우린 나갈 수 밖에 없는 상황에 놓였고 자진 귀가를 하게 되었다.

다음날 아침 그 뒤에 이야기가 난 몹시 궁금하였다.

다른 직원들에게 어찌되었냐고 물어보니 노래방 도우미 2명에 남직원 8명이 있었다고 한다. 나이대가 좀 있는 여성 2명이 들어오니 남직원들은 당황하였고 표정은 더욱 더 좋지 않았다.

차라리 마음맞는 직원끼리 술을 한잔 더 마시는 게 훨씬 좋았을 거라며 한탄하듯 얘기하였다.

그 당시 내 나이 20대 초반이라 상사의 행동이 당최 이해가 가질 않았다. 주책인 것인가 무슨 노래방 도우미 2명을 불러 논단 말인가... 그건 자기들의 만족을 위한 것이지 다른 직원들은 전혀 배려하지 않은 행동이라 느꼈고 기가차고 어이가 없었다.

그 사건이 잊혀갈 즈음 다음 회식이 다가왔다. 이번엔 내가 벼르고 노래방을 따라가 보았다.

한참 재밌는 시간을 보내고 있는데 이번엔 다른 상사가 만취상태로 노래방 사장에게 무언가 말하고 있었다. 난 눈치를 채고 노래방 도우미를 부른다는 걸 알았고 일부러 노래를 계속 부르면서 자리를 지켰다. 그러자 낯선 40대 중반의 노래방 도우미가 들어왔다.

"안녕하세요!!"

밝은 표정으로 들어온 여자는 곧 울상이 되었다. 남자7명에 여자 2명인 곳에 도우미는 혼자였다. 본인도 당황했고 어찌할 바를 모르는 것이었다. 난 도우미에게 상사 옆에 앉아 같이 즐거운 시간을 보내라고 했다. 그러자 앉는 둥 마는 둥 하며 맞춰주다 다른 직원들이 노는 모습을 한참 지켜보았고 상사가 노래를 부르자 옆에 엉거주춤 서서 장단을 맞추기 시작했다.

그와 부르스를 추는 모습을 본 직원들은 놀라면서도 새어나오는

웃음을 참지 못했다.

다음 날 아침 관리자에게 다가가 말했다.

"어제는 왜 그러셨어요?"

"뭐가?"

"아니 도우미를 부를거면 사람이 몇인데 4~5명을 부르던지 1명만 불러 대체 뭘 하려 했던가요?"

"문정아... 우리 어제 일은 잊자."

그렇다... 본인도 부끄러웠던 것이다. 내가 조심스레 말을 이어나갔다.

"다음 회식 땐 잘 노는 여자도우미를 부르시던지 여사원들을 위해 남자도우미도 불러 줄 거 아니면 부르지 마세요. 아시겠죠? 혼자만 즐거우면 됩니까예? 같이 즐거워야 회식 아닙니까?"

"그래 알았다 고마해라..."

그 이후에도 밥을 먹을 때나 커피를 마실 때나 관리자와 함께할 때엔 도우미는 어디가고 혼자 있냐며 우스갯소리를 하며 농담을 하곤 했다.

그는 질리도록 나에게 도우미 소리를 들어야했고 나 때문인지는 몰라도 그 뒤 회식 땐 도우미의 도자도 보지 못했다. 나 때문에 삶의 낙을 잃으신 건 아닌지 걱정이 되기도 했지만 회식은 직원들과의 단합이자 즐거운 시간이 되어야 한다고 생각한다.

솔직한 마음 한 켠엔 상사들이 노래방도우미를 부르던 누굴 부르던 무슨 상관이겠는가...

차라리 그럴 바엔 클럽을 가는 것이 훨씬 낫다는 생각이 들었지만 그들의 나이대에 한계가 있고 비용을 충당할 사람이 없기에 현실에선 만족스런 회식이란 없다.

이처럼 회식에 대한 견해는 사람들마다 생각이 다르기에 상사가 억지스럽게 술을 요구하는 문제라던지 또 다른 문제점을 생각한다면 차라리 회식자체를 안하는 게 좋겠지만 사회생활을 하다보면 쉽지가 않은 일이다. 불참하면 상사의 눈에 찍히기도 하니 말이다.

적당한 음주문화와 적당한 귀가시간만 잘 지켜진다면 회식을 거부하는 사람들도 많이 줄어들 것이고 직원들과 더 좋은 시너지를 발산하는 계기가 될 것이다.

네트워크마케팅

20대 초반의 일이다.

같은 직장동료인 B가 갑자기 영화를 보여주겠다고 했다. 오랜만에 영화를 보는 것이라 설레이는 마음으로 퇴근 후 약속장소로 향했다. 즐거운 마음도 잠시 그는 영화는 접어두고 본인이 투잡을 뛰고 있다는 말과 함께 직장에 같이 가보지 않겠냐는 말을 하는 것이었다. 당황스러웠으나 궁금한 마음에 물어보았다.

"직장이 어딘데?"

"진짜 비밀인데... 아무한테도 말하지마... 네트워크마케팅이야!!"

"네트워크 마케팅? 거기가 뭐하는 곳인데?"

"일단 같이 가보자. 오늘 내가 소개 시켜줄게."

난 뭔가 의심스러웠지만 따라가게 되었고 큰 빌딩 건물 안에 위치해있던 그 곳의 사무실 문이 열리자 마자 나도 모르게 탄식이 나왔다.

'이곳은……'

말로만 듣던 다단계 회사였던 것이다.

빼곡하게 들어 차있는 테이블과 20대로 보이는 정장차림의 젊은 남녀들이 시끌벅적하게 앉아 있었다. B와 함께 들어서자 직원들이 우릴 반겨주었고 의자에 앉으라는 제스처를 취하였다.

난 이런 상황이 상당히 맘에 들지 않았으며 금방이라도 뛰쳐나가고 싶었지만 마음을 가다듬고 B의 이야기를 들어보려 했다.

"이곳이 뭐하는 곳인데?"

그러자 짧은 미니스커트 차림의 여자가 내 옆에 앉았다.

"안녕하세요? 문정씨라고 했죠? 저는 ○○테크의 ○○○라고 합니다."

"아…네"

"아이쿠 너무 이쁘시고 젊으시다."

요상한 작업 멘트를 날리는 그녀를 보고 난 점점 더 표정이 굳어졌다.

"저희 회사 처음 보셨죠? 제가 자세하게 설명 해드릴게요. 정말 후회하지 않으실겁니다."

여자는 1시간 정도 회사에 대한 연설을 이어나갔다.

난 그 자리가 너무나 불편했고 그냥 나가버릴지 말지를 머릿속으로 제차 생각하며 멍하니 앉아 있었다.

드디어 설명을 마친 그녀가 말했다.

"문정씨 여기 참 괜찮죠 그쵸?"

환한 표정의 그녀를 보며 난 말했다.

"어찌 됐건 다단계라는 소리네요."

당황한 그녀가 말했다.

"저흰 합법적으로 운영하는 회사랍니다. 전혀 문제될 거 없어요. 한번 생각해 보세요. 아시겠죠?"

그렇단다...

여긴 합법적인 다단계 회사라는걸 강조하고 싶었나 보다. B를 쳐다봤고 내 눈치를 살피던 그가 말했다.

"여기 진짜 좋아. 사람들도 진짜 좋고 내가 투잡 뛸만하지."

"그래서? 내가 하면 오빠한테 얼마가 떨어지는데?"

"어? 그런 거 아니야. 난 그냥 오늘 너 소개시켜주고 싶어서 내가 데려온거야."

"그래? 그래서 여기서 무슨 등급인데? 다이아? 뭔데?"

"난 아직 그 단계까진 아니라서... 열심히 하고 있어..."

"그럼 이제 집에 가자."

택시를 함께 탄 그는 내 눈치만 살펴댔고 나는 한마디도 하지 않았다.

다음 날 아침 여러 가지 복잡한 생각이 머릿속을 스쳐지나갔고 B를 대할 때마다 불편한 마음을 숨길 수 없었다.

그런 생각을 어느 정도 눈치를 채고 있던 B는 볼때마다 다단계회사를 어필했고 그럴 때마다 난 관심없는 말투와 표정으로 응수하였다. 반복되던 날이 지나가고 내가 그에게 물었다.

"근데... 도대체 거길 처음에 누가 가자고 했는데?"

"내 친구 ㅇㅇ라고 절친있어. 걔가 소개시켜줬지. 그래서 더 믿음이 갔고!"

"그래서 계속 다닐거네?"

"응 당연하지. 난 꼭 보란 듯이 성공해서 돈 많이 벌 거야. 거기 다니는 애들 외제차 타고 다니면서 돈도 엄청 벌었어!"

"그래? 근데 솔직하게 난 거기 싫다. 오빠가 너무 빠져있는 것 같은데 그만 두는 게 안 낫겠나?"

"응? 여기 합법적인 곳이야. 네가 생각하는 그런 곳 절대 아니니 안심해. 난 그만둘 생각도 없고!"

....

대화가 전혀 통하지 않는다고 생각이 들었다.

나는 사람하나 구제해야겠다는 마음으로 B에게 계속해서 다른 일을 알아볼 것을 어필했다.

한 달 가량을 저녁에 그와 함께 다단계회사에 출근도장을 찍어가며 다니자 직원들도 포기했는지 나에겐 더 이상 권유하지 않았고 그가 회의를 하면 난 다른 직원들과 개인기를 하며 놀았다. 그러자 B는 원래 다니던 회사를 그만두고 낮에는 다단계, 밤에는 술집에서 아르바이트를 하였고 몇 개월 뒤 다단계 회사를 완전히 정리하고 나니 나와 연락이 끊겼다.

이처럼 평범하게 일하는 직장인들에게 다단계회사는 솔깃한 제안이다. 그들의 말을 듣고 있으면 금방이라도 돈을 쓸어 담을 것 같고 성공해서 남들 보란 듯이 잘살 수 있을 것 같다. 하지만 현실은 녹록치 않다. 그렇게 해서 성공하는 삶을 산다면 모든 직장인들이 다단계로 가서 일을 하지 누가 평범하게 살고 있을까?

물론 모든 다단계 회사가 나쁘단 소리는 아니다. 그중에서도 열심히 노력해 성공하는 사람들도 분명히 있다. 하지만 극소수이다.

누구나가 돈을 많이 벌고 싶어 하고 대개는 젊은 나이에 비싼 외제차를 몰며 과시하고 싶어하는 사람들도 많다.

그런 마음을 이용해 사람들을 끌어들이면 누군가는 솔깃한 제안에 혹해서 빠져들기 마련이다. 빠져든 사람이 다른 사람을 끌어들이고 그 사람이 또 새로운 사람을 데리고 오고 무한반복의 루트가 반복되면 결국 이득 보는 사람은 꼭대기에 앉아있는 사람이다.

그래서 피라미드라고 하지 않는가?

어지간한 종교단체 부럽지 않는 집단의 구조가 형성되어 있으니 크기 또한 범접할 수 없고 국제적으로도 뻗어 나가있기에 우리가 감히 상상할 수 없는 곳이다.

예전부터 제품이 유명해 다단계 회사 브랜드만 사용하는 사람들이 있고 실제로 유명연예인들도 많이 사용해 사람들에게 알려진 제품도 꽤 있다.

여러분들이 만약 직장 생활 하다가 동료나 친구가 갑자기 연락이 와서 다단계회사를 소개시켜 준다면 어떻게 대처를 하겠는가??

내 주변에도 그런 사람을 많이 봤지만 대게는 좋지 않게 끝이나 인연이 끊어진 사람들이 많다. 그들의 말대로 누구나가 성공할 수 있는 곳이라면 인연은 왜 그리 쉽게 끊어지겠는가.

중요한건 내가 선택해야 될 순간이 온다면 머뭇거리지 말고 상대에게 끌려 다니지 말고 소신있게 행동하여 판단하는 것이다.

아무리 가족이지만 조금이라도 찝찝한 마음이 있다면 주저없이 거절해야 한다. 내 인생은 내가 개척해 가는 것이고 그 누구라도 관여할 수 없다. 그러니 그런 틈을 보여주지 마라.

누군가는 그 틈을 이용해 내 삶에 끼어들려고 할 테니 말이다.

보증의 대가

예전 직장 다닐 때의 일이다.

나이는 나보다 어렸지만 운동을 잘하고 야무진 여직원 C가 입사하였다. 싹싹하고 착한 성격 탓에 무던하게 직장동료들과도 잘 어울려 지냈다. 혼자 자취생활을 하면서 술도 좋아하고 노는 걸 좋아하는 그저 20대의 평범한 젊은 여자아이였다. 한동안 별 문제없이 잘 다니던 그녀는 다리를 다치게 되었고 어쩔 수 없이 회사를 그만두게 된다.

하지만 퇴사 이후 들려오는 소식을 듣고 난 충격에 빠질 수밖에 없었다. 남사원들이 하나같이 고백하듯 나에게 말하기 시작했는데 새벽이 되면 야간근무를 하고 있는 직원들에게 전화가 걸려오는 건 부지기수였고 C의 자취집을 자주 왕래하던 직원도 있었다.

하지만 제일 큰 충격이었던건 전혀 예상치 못한 문제였는데 어떤 직원은 돈 문제로 그녀와 얽히게 되었고 문제는 심각했다.

퇴사이후 날마다 초조해하던 그가 나에게 말했다.

"혹시 C랑 연락되냐?"

"아니 왜?"

당황한 표정이 역력한 그를 보며 무슨 일이 벌어지고 있다는 걸 직감하였다.

"무슨 일인데?"

"하아... 진짜 내가 하..."

말을 제대로 하지 못하는 그에게 난 빨리 말하라고 재촉하였다. 잠시 정적이 흐르고 그는 결심한 표정으로 나에게 말했다.

"사실은 C가 그만두기 얼마 전에 나에게 보증을 좀 서달라고 부탁했어."

"뭐???!!!! 보증?????? 그래서??"

"처음엔 안 된다고 했는데 계속 부탁하는 바람에 사정이 딱해서 보증을 섰지..."

"그래가지고?"

"근데 애가 그 뒤로 잠수를 타더니 연락도 안되고 돈도 안 갚고 있다. 내가 다 뒤집어 쓸 판이다. 하아... 우짜면 좋노..."

난 어이가 없어 헛웃음이 나왔다.

"아니 대체 왜 보증을 서준거고? 가족도 안 해주는 보증을 둘이 친했나? 그 정도는 아니잖아!"

한숨을 내쉬던 그가 말했다.

"일단 걔네 본가가 있는 집부터 찾아가야겠다."

모든 얘길 다 들은 나로서는 이해가 되지 않은 상황이었다.

둘 사이는 친하지도 않았을 뿐더러 돈거래가 서로 오갈만큼의 관계는 아니었기에 당황스러움의 연속이었다.

시간이 흐르고 직원에게 난 어떻게 되었는지 물어보았다.

"C는 어떻게 됐는데? 만났어?"

"말도마라 진짜... 어이가 없다."

"왜? 뭐라고 하던데?"

"처음에 전화를 계속 안 받아서 진짜 받을 때까지 계속해서 연락이 됐어. 내가 쌍욕을 퍼부었지. 그랬더니 미안하다고 하는데 조금만 더 기다려달라고 하는거야. 오빠한테는 절대 피해 안 입히겠다고.. 그래서 난 너 때문에 집안이 뒤집어지고 난리가 났다고 마지막 기회를 준다고 했지. 그랬더니 약속을 했어. 근데 얼마 뒤에 SNS에 뭘 올렸는지 아나?"

"뭘 올렸는데?"

"친구들이랑 클럽가서 술 마시고 논 사진을 올려놨더라니까!!!!!!! 또 그 뒤로 연락이 안되고 있다 하아......"

정말 어이가 없는 일이었다. 결국 대출받은 돈으로 유흥비에 다 쓰고 있다는 것인가. 정말 급해서 쓴 돈이 아니라는 사실에 더 화가날 수 밖에 없는 상황이었다.

시간은 속절없이 흘러갔고 근황을 알 수 있게 되었다.

남직원은 수소문 끝에 C가 일하는 직장을 찾아갔다. 판매직으로 일을 하고 있던 C는 그의 얼굴을 보고 놀라 얼어붙었다.

보자마자 그는 소리를 질렀다.

“야 ㅇㅇㅇ!!!!!!!!”

깜짝 놀란 그녀가 쳐다보자 다른 직원들도 일제히 그를 바라보았다.

“미친년아!!! 전화는 또 왜 안 받는데??”

놀란 그녀가 뛰어와 말을 얼버무렸다...

“저기 오빠 여기서 이러지 말고 어디 가서 얘기 좀 하자.”

“어디 가서 얘길하자는 거고?? 왜 쪽팔리나?? 쪽팔리는 게 뭔지 알긴 아나??”

“아니... 그러니까 일단...”

곧이어 다른 직원들이 다가왔다.

“저기요. 무슨일입니까? 왜 소리를 지르고 그러세요?”

“뭐? 니는 뭔데? 니가 얘 돈 해결해줄 거가?”

그 말을 들은 직원들은 뒤로 빠지기 시작했고 C는 서둘러 직원통로로 그를 데리고 갔다.

“저기 오빠...”

말이 끝나기 무섭게 화가 머리끝까지 나있던 그는 C의 정강이를 발로 찼다.

퍽... 그녀는 휘청거렸지만 바로 일어나 자세를 고쳐 잡았다. 보안직원들이 다가왔다.

"저기 왜 그러십니까? 무슨 일인데 소란이세요?"

그가 쳐다봤다.

"내가 얘랑 개인적으로 할 말이 있어서 찾아온 거니 상관없는 분들은 빠지세요!!! 얘 문제를 해결해줄 거 아니면 빠지쇼!!"

눈치를 보던 보안직원들이 돌아갔다. C가 무릎을 꿇었다.

"오빠 진짜 미안하다. 내가 정말 할 말이 없다. 근데 알다시피 돈 벌려고 매장에서 지금 일도 하고 있고 연락을 피한건 나도 면목이 없으니 피했다. 한번만 진짜 마지막으로 좀 봐주라. 부탁할게."

그는 마지막으로 속는 셈치고 그녀의 약속을 받았고 부산으로 돌아왔다.

차라리 그 돈으로 성형수술을 했더라면 본인에게 투자하는 것이니 이해하고 넘어가 줄 수도 있는 것이라 했다. 하지만 유흥비로 탕진했다는 것이 그는 도저히 용서 할 수가 없었다.

그녀는 과거에도 문제가 있었는데 대학시절에도 학생들 돈으로 유흥비에 탕진하다 다시 본인돈으로 메꾸는 등 이력이 있는 행동으로 불신감을 확신으로 만들기에 충분했다.

그 당시 C의 가족들은 큰 식당을 운영하였고 부족함은 없어 보이는 환경이라 더 이해가 가지 않았다고 한다.

도대체 어떤 속사정으로 부모님 몰래 대출을 받으며 돈을 썼던 것일까??

개인적인 이유가 어찌됐건 짧은 직장생활을 하면서 사람의 신뢰를 얻고 돈거래까지 성사시켰다는 것은 웬만한 입담과 처세술이 아니면 그럴 수 없었을 텐데 대단하다는 말밖에 나오지 않았다.

회사를 다니다보면 정말 많은 유형의 사람들을 만난다.

모든 사람들이 나와 맞지 않을 뿐더러 사이가 좋아질 수 없는 사람들도 있고 퇴사를 생각할 정도의 악연도 존재한다. 저마다 판단기준이 다른 만큼 사람의 인성을 제대로 볼 수 없는 게 당연하고 그 사람의 과거가 어떠한지 모르니 아무것도 모른 채로 지낼 수밖에 없다. 이런 상황에서는 특히나 돈거래는 피해야 한다.

내가 여유가 있고 돌려받지 않아도 상관없다면 그건 본인 마음이겠지만 내 사정도 어렵고 힘든데 누가 누굴 도와준단 말인가.

그는 결혼도 해야 될 나이에 그리 풍족한 삶은 아니었다. 사람하나 믿었다가 뒷통수를 맞은 격이었다. 물론 원인을 제공한 사람의 잘못이 크지만 결론적으로 봤을 때 도와준 사람도 잘한 것이 하나 없다.

옛 말에 열 길 물속은 알아도 한 길 사람 속은 모른다고 했다. 그게 가족이던 친구던 내가 그 사람이 아닌데 어떻게 안단 말인가??

사람을 쉽게 믿으면 그만큼 어리석은 행동과 판단을 쉽게 하게 되고 후회하는 삶을 살게 된다.

남 탓을 하기 이전에 내가 바뀌면 애초에 아무 일도 생겨나지 않음을 기억하고 사람 상대할 때에 거절할 줄도 아는 것이 현명한 인간관계를 만들어 줄 수 있음을 항상 명심하길 바란다.

아부형

예전 직장에서 있었던 일이다.

여직원 B양은 관리자 A의 다정다감한 성격과 다른 직원과는 다르게 잘 챙겨주는 세심함에 감동을 받았고 A는 회사에 적응하지 못했던 그녀를 잘 돌봐주었다.

B는 나이차이가 좀 났어도 A에게 의지를 많이 했고 내 귀에 들리는 말들은 모두 불편한 말뿐이었다. 그렇다고 둘의 사이가 이성적인 관계로 발전하는 것은 아니었다. 하지만 애매모호한 관계인 건 확실했다.

주로 난 관리자였던 A에게 일에 관한 불편한 사항과 입바른 애길 계속 해대니 내가 꽤나 본인에겐 트러블메이커로 인식이 되던 시기였다.

시간이 흐를수록 둘은 친밀한 관계가 되고 나와는 불편한 관계가 형성된 것이다.

어느 날 부터인가 그는 나와 B를 차별하기 시작했으며 부당한 대우를 받고 일하면서 혼자 느끼는 스트레스는 극도의 짜증과 함께 회사를 그만두고 싶다는 생각까지 하게 만들었다.

그러던 B가 그만두고 나에겐 이상한 소문이 들렸다. 회사 앞에서 둘은 팔짱을 끼고 다정한 연인처럼 돌아다닌다는 목격담이 퍼졌다. 소문은 결국 사귀다 헤어졌다는 말까지 돌게 되고 둘의 얘기는 기정사실화되어 팩트가 되어버렸다.

나와 점심을 먹던 A가 지나가던 어린나이의 예쁜 여자를 보고 한마디했다.

"나도... 저런 어린여자 한번 만나봤으면 좋겠네."

농담 삼아 나에게 한 말이었다. 그 말을 듣자마자 난 웃으며 그에게 말했다.

"이미 만나셨잖아예."

눈이 커져 동그라진 그가 말했다.

"누구??? 내가 누굴 만났단 말이고???"

"모르는 척 하지 마세예. B랑 만났다 아입니까???"

순간 정적이 흐르고 그는 당황스런 얼굴로 말했다.

"문정아... 큰일 날 소리하지마라. 도대체 누가 그런 말을 하노?"

"아이고... 여기 이 동네 모든 사람들이 다 아는 사실입니다. 퇴근하고 팔짱끼고 돌아다녔다면서요? 안 본 사람이 없어요!!"

그는 얼굴이 빨개졌고 아니라며 밥 먹는 내내 손사레를 쳤다. 그 날 이후 말끝마다 오늘은 B를 만나러 가지 않냐며 농담 삼아 말을 해댔고 그는 날 볼 때마다 진절머리가 난다며 피해 다녔다.

소문이 잊혀질 시기에 다른 여사원이 입사했다.

그녀는 어떤 일이 생겨도 티를 잘 내지 않는 성격이었다. 관리자 A는 퇴근길에 그녀를 집 앞까지 데려다 주었고 그게 무엇이라고 비밀을 유지한 채 진행되었다. 하지만 그 말은 곧 내 귀에 들어오게 된다.

나중에 안 사실이지만 그는 나를 못마땅한 직원으로 생각하였고 다른 여사원이 입사 할 때마다 자기편으로 만들기 위해 세뇌교육을 시켰다고 한다. 하지만 그녀들은 몇 개월이 지나면 누구나 그렇듯이 그를 돌아서고 나에게 다가와 친해지려 노력하였다.

A의 문제점은 그녀들의 얘기만 잘 들어줄 뿐 문제해결 능력이 없었고 본인들에게 전혀 도움이 되지 않는다고 여겼기 때문이다.

그녀의 퇴사 후 또 다른 여사원이 입사하였다.

아주 당차고 활동적인 그녀였다. 역시나 A는 그녀를 자기편으로 만들려고 애썼고 받아주던 그녀도 이상한 소문이 나기 시작했다.

난 하루 이틀도 아닌 이런 일들이 반복되자 매사가 짜증과 화가 났으며 말할 사람도 없었기에 회사의 일과를 당시 친했던 C에게 말을 했다.

"문정아!! 너 A 좋아하냐??"

어이가 없는 발언에 난 C를 쳐다보았다.

"그게 무슨 말 같지도 않은 소리고?"

그는 속사포처럼 나에게 쏟아냈다.

"그게 아니면 여사원들이 A랑 그렇고 그런 사이던 자기들끼리 잠을 자던 말던 무시하면 되잖아!!!"

"그걸 일일이 왜 그렇게 신경 쓰고 스트레스를 받는데!? 니 A 좋아하제?"

그 말을 들은 난 어이가 없었다. 이 말이 도대체 다 무슨 말인가??

A를 좋아하는 감정으로 질투를 해서 그런 것이 아닌 차별감에서 오는 부당한 대우가 너무 억울했고 그걸 바로잡고 싶어 고군분투를 한 것인데 좋아해서 그런 거라니?

그것도 이런 상황을 제일 잘 알고 있는 친구가 나에게 할 소리인가. 지금 생각해보면 그도 나 때문에 꽤나 피곤했던 것 같다.

항상 좋은 말을 해도 모자랄 판에 회사에 대해 안 좋은 얘기만 매일 해댔으니 피곤할 법도 했다. 하지만 서운한 감정은 사그라들지 않았고 그 뒤로 회사 얘기는 하기가 싫어졌고 말을 아끼게 되었다.

하나같이 여사원들은 처음엔 관리자들에게 잘 보이기 위해 애쓰다가 그녀들이 원하는 걸 얻지 못하면 마음대로 행동하였다.

내 예상대로 부당하게 관리자는 일을 분배했다. 말하자면 쉬운 일을 맡은 쪽은 다른 여직원이었고 나는 차순위였다.

어느 회사를 가나 내가 을의 입장이라면 갑에게 잘 보이려 애쓸 수밖에 없다. 적응하기 위해 어쩔 수없는 것이다. 하지만 그런 점을 알고 그녀들을 이용하려는 사람은 직장 내에 꼭 한명씩 존재 한다. 난 누구보다도 그런 회사 루트를 잘 알고 있었기에 어떨 땐 더럽단 생각이 들기도 하고 여직원이 바뀔 때마다 가까이 하지 않게 되었다.

일적으로 냉정하게 판단하게 되었고 쉽게 일을 하려는 여직원을 보면 더욱더 엄격해질 수밖에 없었다. 그녀들에게 속 깊은 얘기를 할 수 없는 것도 이런 이유가 있었다.

그녀들이 스스로 깨닫고 나에게 다가올 땐 아무 말없이 받아주긴 하였지만 절친으로는 지낼 수 없었다. 그런 인간관계에 대한 회의감이 들기 시작하고 서로를 믿지 못하며 관계를 유지하고픈 마음도 사라졌다. 누군가는 내가 먼저 다가와주길 바랬던 사람도 있었을 테고 친하게 지내려고도 했을 것이다. 이렇게 된 이유도 관리자 A만의 탓은 아닐 것이다. 나도 유연하게 선을 넘지 않게 비위를 맞춰가며 잘 지낼 수도 있었을 텐데 이상하게 그러기 싫었다.

그 당시의 나는 좋고 싫음이 너무 뚜렷했고 티가 많이 났다. 아부하는 게 죽도록 싫었으며 나와 반대되는 사람들은 속물이라 여겼다.

남들은 그럴 것이다. 여직원이라고 해봤자 두 명 밖에 없는데 둘이서 왜 잘 지내지 못하냐고... 난 오히려 남직원들이 대하기 편하고 수월한건 사실이다.

그들은 대화를 함에 있어 적어도 계산적인 마음은 보이지 않는 것 같다. 모든 여자들이 다 그런 건 아니지만 여직원들과 대화를 하다보면 피곤한 점이 한둘이 아니다.

뭐가 그렇게 비밀도 많고 잔머리를 굴리는지 돌아가는 소리가 바깥까지 들리면 절로 고개가 숙여진다. 일도 피곤한데 사람관계도 피곤하다고 느끼는 것이다.

보안요원을 오래하면서 항상 남자와 동등하게 대우받길 원했고 웬만하면 여자라 그렇다는 소릴 듣기 싫었지만 하나같이 다른 여직원들은 대우를 조금이나마 다르게 받길 원했던 것 같다.

보안요원은 남자나 여자나 동등한 입장의 직업이지 여자라고 편의를 봐 줄 수 있는 직업이 아니다. 왜냐하면 일 자체가 감시하는 일과 때로는 거칠게 몸을 써야 하는 직업이기 때문이다.

여자이기 때문에 편의를 봐달라고 할 거면 이 직업은 맞지 않는다. 그로 인해서 오는 갈등이 나와 사이를 좁혀지게 만들 수 없었던 게 아닌지... 나 역시도 문제점은 있을 것이다.

하지만 그녀들도 문제점은 모두 하나같이 있었다.

직장 내에서 상사와 친하게 지내는 것은 어딜가나 불편함 투성이다. 아쉬운 사람이 먼저 노력해야 하니 말이다. 그렇다고 내 주장만 펼치고 먼저 다가가지 않는 것도 사회생활을 잘하지 못하는 직장인으로 낙인찍힌다.

적당한 선에서 균형을 잡는 것이 참 중요한데 그건 경험을 많이 해봐야 알 수 있는 것 같다. 본인이 직접 겪어봐야 사람을 대할 때 실수를 줄이고 판단하는 능력을 가지는 게 아닐까?

직장 상사만 믿고 직장생활 하다가는 같이 일하는 동료들에게 기피해야 될 상위랭크에 오르는 건 시간문제이다. 동료들과 상사와의 관계를 잘 조율하여 생활해야지만 밉보이지 않는 직원이 되고 현명한 직원이 되는 길이다.

어느 직장이던 갑과 을은 존재 한다. 특히 보안요원은 더 티가 난다. 그러기 때문에 이 직업이 힘든 점이 많다. 자존심 싸움에 지면 이 직업은 오래 할 수가 없다. 한마디로 멘탈이 강해야 된다.

그녀들만의 세상

A양이 있었다.

그녀는 사내에서 몇 년 동안 직장동료 B양과 절친이었지만 다투게 되었고 서로 모르는 사람처럼 대하다 둘의 사이는 멀어졌다.

그 후에 A는 자신의 친구 C를 회사에 소개하여 입사를 하였다. 친구를 데려왔으니 그녀의 기분은 날마다 하이텐션이었고 즐겁게 일을 했지만 얼마안가 둘은 또 싸우게 된다.

퇴근길에 A양의 친구에게서 전화가 왔다.

"언니! 혹시 통화 가능하세요?"

"응. 무슨 일 있어?"

"앞으로 A랑 저랑 같이 있으면 언니가 많이 불편 해 질수도 있어요."

"왜?"

"아까 둘이 좀 심하게 다퉜거든요. 진짜 이해하려고 해도 이해 할 수가 없어요."

"무슨 일인데?"

"제가 너무 예민한 건가요? 아까도 별일 아닌데 소리 지르고 가더니 갑자기 저더러 인연을 끊자고 해요!! 언니한테 미안하네요. 괜히 둘 사이에 불편해지는 거 같아서 말이죠..."

"그래? 어쩔 수 없지. 둘이 오랜 친구니까 친구사이에 그럴 수도 있고 저럴 수도 있는 거 아니겠어?? 잘 풀어봐."

"글쎄요... 먼저 인연을 끊자하니 할 말이 없네요. 도대체 누가 잘못한 걸까요?"

이야기를 듣다보니 결국 친구의 말은 자기편이 되어달라는 소리였다. 사람은 참 이기적인 동물이다. 뭐든지 본인 유리한 쪽으로 말하게 되어있고 자기 방어적 수단으로 상대방 탓을 하게 된다. 내 입장에선 양쪽 말을 다 들어보지 못했기에 섣부른 판단을 할 수 없었고 제3자가 조언을 하기에도 이상한 상황이었기에 가만히 두고 지켜보게 되었다.

다음 날부터 회사 분위기는 급속도로 냉랭했고 그 사이에 끼인 나는 불편했지만 나름 분위기에 적응하며 지내게 되었다.

둘은 서로의 존재를 모르는척하며 지냈고 상대가 없을 때만 경쟁하듯 나에게 말을 걸어오며 애길하였다.

A도 계속 눈치를 보며 나에게 불편해진 이유 등을 설명하였지만 난 너무나 피곤했다. 내 눈에는 그저 다 큰 성인들이 싸우고 선생님한테 떼쓰는 것처럼 보였기에 가뜩이나 출근자체도 피곤했던 나에겐 둘 사이에 관여하기가 더더욱 싫었다.

어느 날이었다.

일하고 있는데 전화가 왔다.

"언니!! 제 친구가 선물을 뜯었어요!!"

"생뚱맞은 소리에 난 다시 되물었다."

"뭘 뜯어?"

"아니 글쎄 선물세트 받은 거 제 것만 누가 포장을 뜯어 놨더라구요. 그래서 CCTV 돌려봤는데 제 친구가 확실해요!!"

"휴게실엔 CCTV가 없는데 어떻게 확인을 했는데?"

"돌려보니까 친구가 들어가고 난 다음 언니가 들어 가대요. 언니 나가고 나서 친구가 계속 있었으니 범인은 친구밖에 없어요!!!"

그 순간 나는 한숨이 나왔다. 내가 되물었다.

"그래서 선물 세트 안에 물건이 없어졌나?"

"아니요. 제 포장지만 뜯겨져 있어요. 관리자도 알고 있어요. 정말 살 떨려요."

완전 흥분한 그녀를 보며 난 차분하게 말했다.

"그래서 어쩔건데?"

"그러니까요. 어쨌든 남의 물건에 손댄 거니까 저한테 복수하려고 하는 거 아닐까요?"

난 할 말이 없었다.

"아니 근데 너 말처럼 심증은 가는데 확실하게 걔가 그랬다는 증거도 없는데 어떻게 하려고?"

"근데 그렇게 할 사람이 걔 밖에 없어요. 이건 정말 심각한 문제예요."

"그래?? 그러지 말고 네 친구한테 직접 물어보지 그래? 그게 더 빠를 것 같은데…"

당황한 그녀가 말했다.

"제가 말해봤자 걔가 솔직하게 말할 리 없잖아요. 일단 언니만 알고계세요…"

결국 그 일은 그렇게 묻혔고 무슨 말을 할 때마다 그녀는 친구가 자기 물건에 손을 댄 아이라며 흥분하기 일쑤였다. 정작 둘이 마주치게 되면 아무 말도 못하고서 말이다.

가만히 생각해보니 A양은 여태까지 확실치 않은 정보를 사실인 것처럼 말을 하는 경우가 많았다. 예전에도 그랬고 막상 사실이 아니라는 걸 아는 순간 오해한 것 같다는 식으로 얼버무려 넘어간다. 이게 얼마나 잘못된 행동인지 모르고서 말이다.

사실을 알려고 하지도 않으면서 혼자 망상에 빠져 그럴 것이다 하는 추측은 상대를 이상한 사람으로 만들어 버린다. 상대방은 이런 사실을 모르고 일상생활을 보내는 것이고 주변사람들은 티내지도 못한 채 상대방의 이미지를 낮추어 보게 된다.

이게 얼마나 위험한 짓인가.

연예인들의 루머생성이 이런식으로 생성되지 않는가? 아니면 말고 식의 어처구니없는 사고방식은 날 질리게 만들었고 점점 멀어지게 만들었던 계기가 되었다.

항상 본인이 피해자이고 상대방이 가해자이며 본인만 이 상황을 바로잡기 위해 애쓴다고 말한다.

친하게 지내던 주변사람이 갑자기 떠나감은 분명 이유가 있다. 이유가 없다고 생각하는 것은 눈을 감고 귀를 막으며 보고 싶은 것만 보고 들으려고 하여 깨치지 못했기 때문이다.

상황에 따라 다르겠지만 확실한건 그녀는 주변인을 다 떠나게 만든다.

A양과 친한 언니 결혼식 다음 날이었다.

"언니 진짜 여자들은 왜 그래요?"

"뭐가?"

"제가 어제 친한 언니 결혼식에 갔다 왔어요. 제 남친과 같이 갔는데 내 앞에선 아무 말도 안하고선 뒤에선 제 욕을 했대요."

"갑자기 왜 욕을 하는데?"

"아니 저는 언니 기 좀 살려주려고 제 남친 소개도 시켜주고 했는데 뒤에 가선 다른 친구들에게 남친 데리고 왔다며 욕을 했대요. 어이가 없어서 진짜 이래서 여자들은 안 되나 봐요. 제가 미쳤다고 둘이서 비싼 축의금 내고 왜 그런 욕을 들어야 하는지 모르겠어요."

말만 듣고 있으면 신부가 이상한 언니로 보여 지지만 조금만 더 생각해보면 기분 나쁜 이유를 알 수 있다. 언니의 결혼식에 소개시키려 남친을 데리고 온 A양은 신부에게 진심어린 결혼 축하보다 본인 남친 자랑에 마음이 앞섰다. 그리고 언니 기를 살려준다니 동생 남친을 보고 왜 신부의 기가 살아야 된단 말인가?

조용히 결혼식에 축하만 해주고 왔더라도 그런 소린 듣지 않았을 터인데 A에겐 잘난 남친이겠지만 신부의 입장에선 아니다. 연예인이 온 것도 아니고 말이다. 하지만 그런 이유를 전혀 알지 못하는 그녀는 비싼 돈 주고 욕을 먹었다며 본인을 질투해서 그런 것이라 생각했다.

이 문제를 어디서부터 잘못되었다고 얘길해야 하나...

이제 A의 말만 들어도 스트레스를 받기 시작했다.

시간은 흘러 A양의 친구가 그만두게 된다. 그 소식을 들은 A양이 말했다.

"언니 그거 들으셨어요? 제 친구 그만둔다고 하던데..."

"그래?"

"네. 인연을 끊었다고 해도 지금 당장 그만 두고 다른 직장 구할 수도 없을텐데, 걱정이 되긴 하네요."

"응????"

이상했다. 나에게 굳이 말할 필요도 없는 그 친구의 단점과 과거사까지 나쁜 사람 만들어놓더니 이제 그만둔다고 하니까 갑자기 걱정이 된다고 한다.

이건 또 무슨 논리인지...

어이없고 당황스런 그녀의 모습에 난 할 말을 잃은 것이다. 냉정하게 바라본다면 그녀를 데리고 온 사람은 누구인가?

회사에 한참 적응해야 할 시기에 사이가 멀어져 친구는 누구에게 기댈 곳 없이 방황했고 일처리도 조언을 구할 사람 없이 대처하다 결국 나가버렸다.

충분히 둘 사이를 개선할 시간은 많았다. 하지만 노력하지 않았고 그렇게 쉽게 인연은 끊어졌다. 주변에서도 화해하라며 권유해보기도 했지만 그녀는 거절하였다. 결국 본인 마음대로 생활한 것이고 애꿎은 주변사람들만 그 둘의 눈치를 봤다.

친구의 퇴사소식에 솔직한 그녀의 모습은 기뻐해야 되는 것이 아닌가!???

불편한 사람이 떠나는데 걱정이 된다고? 그건 정말 이기적이고 이중적인 모습이었다.

다른 사람에게 비춰질 본인의 모습을 이런 상황에서도 친구의 안위를 걱정하는 대인배의 모습으로 바꾸는 것 밖에 되지 않았다.

그런 모습을 보고 있으니 그나마 있던 정이 뚝 떨어졌고 겉으로는 '언니, 언니' 하면서 뒤에 가선 무슨 짓을 할지도 모른다는 두려운 생각이 들기 시작했다.

그 뒤로 말수가 적어진 나는 자체적인 묵언수행을 하기 시작했다. 이상함을 감지한 A가 내 눈치를 보기 시작했다.

시간이 흐르고 그녀는 언제부터인가 출근하면 나에게 이런 말을 하기 시작했다.

"언니 오늘 기분은 좀 어때요? 괜찮아요??"

"뭐???"

"아니. 언니가 요즘 기분이 좋아보이지 않아서요."

"난 괜찮은데?"

"그래요? 하하. 왜 이렇게 조용한거죠?"

"조용하면 좋지. 시끄러운 것보다 훨씬 좋구만."

A는 이런 정적인 분위기를 견디질 못했다. 억지로라도 웃으며 상대방과 말을 하길 원했다.

출근하는 그녀는 매일같이 나의 안부를 묻기 시작했고 반응이 없으면 자제할 줄도 알아야 하거늘 오기로 그러는 것인지 반응이 있을 때까지 안부인사는 계속되었다.

사람마다 각기 성격이 다르고 날마다 변하는 게 사람의 마음인데 말을 하고 싶을 때도 있고 아닐 때도 있지 않은가?

조용하게 출근했다가 퇴근할 수도 있는 것을 A양은 가만히 넘어가질 못했다. 그녀의 논리라면 그녀에게 만큼은 상대들이 억지로 웃으며 대하란 소리밖에 되지 않는 것이다. 평소에 안 그랬던 사람이 갑자기 바뀌면 무슨 일이 생겼는지 궁금할 수는 있다. 하지만 상대가 원치 않다면 스스로 말하기 전에 기다릴 줄도 알아야 되는 것이다.

그녀는 참을성이 없었다.

매일 매일을 상대방 컨디션을 체크하며 혹시라도 나에게 안 좋은 감정이 있어 그러는 것인지 계속 생각하는 스타일이었다. 가만히 있으면 아무 문제가 없는데 말이다.

새로운 신입이 입사했고 그 둘은 또 절친이 되었다.

점심시간이 되어 잠시 휴게실에 들르게 되었고 문을 열자마자 A는 나를 보며 깜짝 놀랐다.

“어머 언니… 어쩐 일로… 어?? 언니 그러지 말고 여기 앉아서 우리 같이 얘기해요!!!”

당황하여 자리에 앉아있지도 못하고 안절부절 똥마려운 강아지 마냥 주춤거리던 그녀는 신입과 앉아 있었고 테이블엔 커피와 과자에 그들만의 축제가 벌어지고 있었다.

난 괜찮다며 문을 닫고 나왔다. 점심시간 이후 갑자기 전화가 울렸다.

A였다.

“언니… 카톡 보셨어요??”

"무슨 카톡?"

"아 제가 커피쿠폰 보냈어요."

"갑자기 무슨 커피쿠폰?"

"점심시간에 신입이랑 둘이서 얘기하고 있었는데 생각해보니 언니도 같이 있었으면 좋았을텐데 생각이 들어서요."

어이가 없었다. 내가 커피를 못 마셔서 먹고 싶다고 했었던가?? 솔직한 그녀의 마음은 나에게 미안하고 뻘쭘하니 본인의 마음을 편하게 하고자 그런 것이 아닌가? 혼자 생각하고 혼자 판단하고 혼자 해결하려는 습성은 오히려 나의 반감을 사게 되었다.

"언니!! 우리 예전처럼 같이 점심 때 밥 먹어요!!"

A가 환하게 웃으며 말했다. 예전이라 함은 A의 친구가 있을 때였고 그땐 내가 밥을 싸오면서 항상 3인분을 준비해 같이 먹었다. 그러지 않아도 되지만 어차피 같이 먹을 것이니 나름 배려를 한 것이었다.

A는 친구가 가니 마음이 편해진 것이고 이제 신입과 다시 그러자는 것이었지만 난 하기가 싫었고 그 시간을 개인시간으로 보내길 원했다.

둘의 사이가 틀어졌을 때 서로 나에게 이런 말을 했다.

"언니 미안한데 이제 밥 같이 못 먹을 것 같아요."

둘이 껄끄러워 해서 밥도 같이 못 먹겠다는 소리였는데 하루 이틀 지나니 이건 정리가 필요한 시점이었다.

그 이후로 난 더 이상 밥을 싸오지 않았다. 이제 그럴 이유도 필요도 없어진 것이다.

그러자 친구가 출근하지 않는 날엔 A에게서 연락이 왔고 나가서 밥을 먹자고 했다. 참 계산적인 행동이었다. 나를 생각하는 마음이 조금이라도 있었다면 친구와의 관계회복은 못할지언정 본인의 개인사에 주변사람들을 끌어들이지 말아야한다.

본인 마음 편할 땐 같이 밥을 먹고 아니면 먹지 말자고?

그 이후에 나에게 장문의 문자가 온 적이 있다.

언니가 불편한 우리 사이 중간에 끼어있어 미안한 마음을 가지고 있고 그런데도 말없이 상황을 받아들여줘서 고맙다는 내용이었다. 할 말이 없었다. 문자 보낸 것과 달리 그녀의 행동은 상반된 차이가 있는 것인데 말이다. 남들에게 좋은 사람으로 보이고 싶은 것은 다른 사람들도 마찬가지이다.

직장생활하면서 주변평판을 좋게 받는다는 것은 참으로 어려운 일이기 때문이다. 일을 하다보면 화를 낼 일도 생기고 사람들과 싸우고 난 뒤 풀지 못하는 상황이 지속되면 내 평판은 뒷담화로 이어진다. 비슷한 나이대의 사람들이 직장동료로서 사적인 만남을 갖고 친구가 되면 좋은 점도 있지만 분명 단점도 가지고 있다. 서로 다른 성향과 경쟁심리가 작용하기 때문이다. 직장에선 공과 사를 구분하여야 실수를 줄인다.

친구끼리도 같이 일을 하는 것은 지양함이 옳다. 언젠가는 그들의 사이가 멀어질 날이 오기 때문이다. 내가 오지랖을 앞세운 마음으로 그녀에게 잘못된 점을 지적해주고 말해주었다면 달라졌을까???

말을 해서 고쳐질 사람이었다면 친구들과 인연을 몇 번 씩이나 끊었겠는가? 그녀의 기분만 상하고 반감만 사게 될 뿐 본인은 절대 알지 못 한다.

내 편인 사람과 내 얘기만을 들어 줄 또 다른 누군가를 찾을 것이고 여태껏 해왔던 행동들을 똑같이 그들에게 할 것이다. 그러다 맞지 않으면 인연을 끊고 다시 만들고 무한반복의 삶을 살면서 차차 나이가 들어간다. 직장생활을 하다 A와 같은 성향의 사람을 만났다면 내가 스스로 판단하여 거리를 두고 절대 그들의 인생에 관여해선 안 된다. 중립을 지키되 내 일에만 신경 쓰는 것이 모두를 위한 길이다. 신경 쓰게 되는 순간 내 일도 하지 못하고 매일같이 엉뚱한 일에 휘말릴 수 있는 줏대없는 사람이 되고 말테니까 말이다.

직장생활을 하다보면 20대에서 보는 기준이 틀리고 30대에서 보는 기준이 틀리다. 같은 환경에서 근무를 해도 20대끼리 사고방식이 있고 30대의 사고방식이 다르다.

나는 20대 사람들이 하는 행동을 볼 때마다 나의 20대 시절을 가끔 떠올리곤 한다. 예전에 나도 저렇게 처세를 했나? 라는 의구심이 드는 것이다. 이해가 가는 부분이 있다면 그건 나이가 어린 탓이고 이해가 안가는 부분은 사고방식에 문제가 있다고 판단이 든다.

사고력이 같을 수는 없지만 큰 차이는 분명히 있다.

자기가 자라온 환경도 무시할 수 없는 부분이고 지금 내가 만나고 있는 사람이 누구인가에 따라서 내 사고력이 성숙해질 수도 있고 발전이 멈출 수도 있다.

여기에서 복합적으로 사회생활에서 만난 사람들과의 관계가 형성된다. 문제는 친한 후배라든지 선배라든지 절친이라면 상대방의 문제점을 제시를 하고 의논이라도 할텐데 직장에서는 관계가 틀어질까 싫어 말을 못하는 것이다. 한마디로 상대방이 어떤 마음을 먹고 그것을 눈치챘다 하더라도 입바른 소리를 하게될 때 다툼이 있기 때문이다. 그래서 참고 넘어가는 경우가 많다.

내가 경험한 바로는 직장생활 15년차에 깨달은 건 이런 경우 바른 소리를 한다고 해서 그 사람 성격이 고쳐질 사항이 아니다.

직장에서 만난 직원들은 어렸을 때 고향친구들처럼 편하게 대할 수는 없는 것이다. 직장에서의 규율은 지켜야 되는 것이 맞고 사적인 감정은 직장생활에서 절제를 해야 되는 것이 맞다. 그렇게 해야 서로 트러블 없이 관계가 오래 갈수 있는 것이다. 직장에서의 일과 사적인 자신의 일을 혼돈하면 그 누구든 관계가 틀어질 수밖에 없다.

고소

같이 일하던 직장 동료들의 이야기이다.

10년 가까이 직장을 다니던 B군이 있었다. 직장이 좋아서라기보다 익숙해진 일과 능숙했던 일처리로 다른 곳은 생각하지 못한 터였다.

평범하고 무료했던 일상을 보내던 중 회사 바깥에서 전단지를 배포하던 남자를 발견하였다. 회사와 가까운 곳에서 전단지는 배포할 수 없었으므로 밖에 나가 안내를 하였다.

"여기서 전단지 나눠주시면 안 됩니다. 다른 곳으로 가세요."

"뭐라고??"

무슨 참견이냐며 짜증난 표정으로 한 남자가 B를 쳐다보았다.

"이거 조금만 나눠주면 끝나. 알았다 알았어!!"

그러고는 보란듯이 B군의 앞에서 사람들에게 전단지를 계속 나눠주었고 그 모습을 바라보던 B는 짜증이 나기 시작했다.

“저기요. 이제 그만 하세요.”

말을 듣는 둥 마는 둥 하던 남자는 더 빠른 속도를 내며 전단지를 나눠주는 게 아닌가?

“저기요!! 그만하라고요!!”

“뭐? 이 새끼가? 너 여기 경비 아니냐?

나이도 한참 어려 보이는데 경비 주제에 널 낳은 어마이도 고생 꽤나 했겠네. 이러고 다니면 안 쪽팔리냐?”

“하...”

점점 대화는 부모님의 얘기까지 나와 버렸고 이 아저씬 B군의 하체 부분을 자꾸 만지려는 제스처를 취하였다. 가뜩이나 부모님의 얘기로 기분은 최악인 상태에서 성희롱하려는 듯한 제스쳐가 취해지자 참을대로 참고 있었던 감정이 폭발하기 일보직전이 되었다.

“아저씨, 한번만 더 이렇게 만지려고 하시면 가만히 안 있습니다.”

“그래서 뭐? 어쩌라고?”

개의치 않는다는 표정으로 바라본 아저씬 한번 더 B군의 하체를 만지려고 다가섰다.

피하려던 자세를 취하던 B군은 폭발하였고 주먹이 그의 얼굴에 꽂히게 되었다.

퍼억...

순식간이었다. 아저씨도 발버둥을 쳤고 둘은 한참을 뒹굴며 서로 주먹질이 오갔다.

주변엔 어느 새 사람들이 모여들었고 말리기 시작했다. 싸움은 그쳤지만 B군의 한 손은 아작이 나있었다. 경찰을 불렀고 경찰들은 조사를 하기 시작하면서 고소 얘기가 진행되어가고 있었다.

B군은 억울하였다. 치욕스런 경험이었고 손도 망가져 수술을 받아서 몇 주간은 일을 할 수 없었다. 상대방 아저씨는 맞은 게 억울하다며 가만히 두지 않겠다고 했다.

관리자는 이런 상황을 보며 심각해지기 시작했다. 하지만 서로 B군의 잘못을 책임지지 않으려 피하였다. 결국 B군은 실업급여를 받는다는 조건으로 직장에서 그만두게 된다.

그만두게 된 원인보다 관리자의 대처가 마음에 들지 않았다. 내가 일부러 때린 것이 아닌데 왜 아무도 내 편은 들어주지 않는 것인가…

모든 것이 억울했다. 하지만 관리자들은 어쨌든 때린 것이 문제가 된 것이고 본사까지 보고가 올라간 이상 조용히 넘어가길 원했다. 다친 손을 쓰지 못해 관리자에게 대신 시말서 작성을 부탁하였는데 내용은 더 가관이었다.

시말서엔 평소 B의 욱하는 성격을 알고 있던 관리자가 예전부터 몇 번의 경고를 주었으나 이번엔 참지 못하여 행동을 취한 것으로 적혀있었다. 결국 모든 잘못은 B군이라는 소리였다.

CCTV는 거리가 너무 멀어 자세한 경위를 알기엔 역부족이었다.

모든 것에 회의감을 느낀 B는 회사를 그만두면서 그 누구보다 관리자에게 환멸을 느꼈고 10년간 다닌 직장이 이렇게 허무하게 끝나버렸다는 생각에 어이가 없었다.

좋은 대우를 바라는 것도 아니었다. 본인의 잘못이 제일 크다고 느끼지만 하나같이 B와 얽히고 싶지 않아하는걸 보고는 기가 찼던 것이다.

원래 어느 회사든지 특히 용역업체는 직원들에게 고소라는 타이틀이 붙게 되면 손절하기 십상이다. 누가 그 책임을 같이 지려 하겠는가?

사적으로 관리자가 보는 입장에서 원만한 직원상이 아니였던지 의문점은 들지만 원래 그런 곳이 직장이다.

좋은 일엔 사람들이 한명이라도 더 얹혀가고자 안달이 나고 좋지 않은 일엔 하나같이 재빠른 스피드로 말썽나지 않고 소문나지 않는 쪽으로 해결하는 것이 관리자의 입장이다.

B군은 나이가 먹을 만큼 먹었고 이제 다른 곳에 취업할지를 고민하기에 이르렀다. 물론 찾아보면 그만두지 않고 계속 일할 수 있는 다른 방법도 있을 것이다. 하지만 본인도 이 일에 지쳤고 더 이상 노력하고자 하는 의지는 사라진지 오래였다.

문제는 '앞으로 어떻게 무슨 일을 하면서 살아갈 것인가?' 였다.

이처럼 일하다가 사적인 감정이 섞여버리면 올바른 판단을 할 수 없게 된다. 일에 지치면 정신적으로도 피폐해져서 직장 들어올 때의 초심은 잃어버리게 된다. 그러면 상대가 내 신경을 자극시켰을 때 다툼이 일어나게 되는 건 당연지사이다.

이럴 때 직장에서든 아니든 자신을 컨트롤 해줄 수 있는 사람이 있다면 극복해 나갈 수 있는데 내 주변에서 그런 사람이 한명도 없다는 것은 그동안의 직장생활로 쌓아 온 커리어가 아무리 오래 되었다고 해도 자신에게 다시 한번 인과관계를 평상 시 신경을 쓰지 않았음을 돌아봐야 되는 것이다.

직장이 좋아서 다니는 사람이 과연 얼마나 될까?

개인적인 목적과 사적인 걸로 직장을 다녀야 한다면 버틸 수 있을 때까지 버티는 것이 아니라 언제든지 내일이라도 직장을 그만 둘 수도 있다는 생각을 항상 갖고 있어야 한다. 그러기 위해선 미리 대비를 해야 된다.

수고스럽더라도 다른 일도 관심을 갖고 배우든지 조금씩 준비를 해야 된다는 것이다. 보안요원이라는 직업 특정상 내가 아무리 잘 해도 상대로 하여금 언제든지 내가 잘릴 수가 있다. 이 직업이 쉽게 보여도 이런 점 때문에 자존감이 박탈되는 경우가 많은 것이다. 나 스스로 그만두면 문제가 없지만 상대방으로 인해서 그만두게 될 경우 직업에 대한 회의가 들어 스트레스로 다가와 오랜 기간 잊혀지지 않는다.

안내데스크에서 벌어진 일이다. D는 입사한지 얼마 안된 신입사원이었다. 어느 날 젊은 나이대의 배달기사가 들어왔다.

“열 체크 먼저 해주세요.”

남자는 열 체크를 하고 무뚝뚝한 표정으로 신입을 쳐다보았다.

“출입명부에 작성 해주세요.”

그 말을 들은 배달기사가 말했다.

“아씨…”

그녀는 고개를 들어 쳐다보았다.

“아가씨 지금 바쁘니까 내가 배달하고 내려오면 그 때 적을게!”

“안됩니다. 먼저 적고 올라가셔야 됩니다.”

“아가씨… 참 융통성이 없네. 내가 안 적는다고 했어? 내려와서 적는다고!! 바빠 죽겠구만!!!”

그녀는 지지 않았다.

“이렇게 말할 시간에 저 같으면 적고 올라가겠네요.”

“뭐?????”

노려보던 기사는 마지못해 펜으로 날림체를 쓰며 올라갔다. 배달을 끝낸 기사는 키를 돌려주며 그녀를 한번더 쳐다보았다. 나가던 남자는 들으라는 목소리로 주절주절 욕을 하기 시작했다.

그 말을 들은 그녀가 말했다.

“저기요!! 방금 뭐라 했어요??”

무시하던 남자는 밖에 나가 다 비춰지는 창가에 서서 그녀에게 손가락 욕을 날렸다. 그녀가 바라보자 웃으며 유유히 사라졌다.

너무 어이가 없었다. 그 말을 전해 들은 관리자는 배달기사에게 전화를 하였다.

"○○○씨 되십니까?"

"네.."

"여기 ○○○인데요. 아까 저희 직원에게 심한 말을 하셨던데요."

"그래서요?"

"오셔서 직접 사과를 해줬으면 좋겠습니다."

"제가요? 저 바쁜 사람인데 거기 갈 시간도 안 되고 기분이 많이 나빴다면 내가 그 아가씨한테 직접 사과할 터이니 아가씨 연락처 하나 알려 주이소!!"

"연락처 알려 주는 건 안 됩니다."

"직접 오시죠."

"아이고... 내가 바쁜 사람이라니까. 시간 없다 카이. 그럼 마음대로 하이소!!"

일방적으로 전화가 끊긴 관리자는 오히려 더 화를 내며 그냥 넘어갈 수 있는 문제가 아니라며 고소를 하자고 D에게 말했다. 하지만 고소는 쉬운 일이 아니었다. 목격자가 필요했고 그 당시 증거가 될 만한 녹음기도 없었다. 목격자는 확보하였지만 시일이 좀 걸린다는 소리에 그녀는 잠시 망설였으나 모욕감을 잊기 힘들었고 그대로 진행하기로 하였다.

시간은 흐르고 경찰서에서 오라는 연락이 왔다. D는 관리자에게 말을 했고 어떻게 해야 할 지 물어보았다.

관리자가 대답했다.

"아직 기분 많이 나빠요?"

물론 그 당시 상황은 아닌지라 기분은 나빴어도 감정이 그때와 같지 않았기에 조금 무덤덤한 상태였다. 망설이는 D를 보며 관리자가 말했다.

"그렇게 기분이 나쁜 게 아니라면 이쯤에서 그만 하는 게 어때요?"

D는 생각에 잠겼다. 가만히 있어서 될 상황은 아닌 게 분명했지만 끝까지 갈 자신이 없었다.

"시간도 좀 걸린다는데 경찰서도 들락날락해야하고... 그냥 이쯤에서 접을까!???

들어보니 벌금형으로 마무리 될 것 같은데, 나중에 별일이야 생기겠어??"

슬슬 귀찮게 느껴지기도 한 것이다. 그렇게 이 일은 흐지부지되며 흘러갔다. 그 이후로 배달기사는 더 이상 보이지 않았지만 뭔가 찜찜한 기분은 지울 수가 없었다. 이처럼 직장에서 고소와 같은 일에 얽혀버리면 심각한 사안이긴 해도 끝까지 진행되지 못하는 경우가 허다하다.

고소를 진행하는 직원들은 시간이 지나면서 자신감이 사라지고 내가 과연 끝까지 이겨낼 수 있을지를 수없이 고민한다. 그럼 왜 이렇게 끝 마무리가 깔끔하게 해결되지 않는 것일까?

이유는 간단하다.

회사에서 끝까지 날 지원해 줄 수가 없기 때문이다. 그러니 당사자들만 힘든 것이고 끝까지 이겨낼 자신감도 사라지기에 중도에 포기하는 일이 생긴다.

이번 일도 회사 측에서 먼저 나서서 고소하자고 했지만 막상 시간이 지나자 관리자는 계속해서 일을 진행시키는 것도 윗선의 신경이 쓰였고 부담스러워지자 그녀를 생각해주는 척 액션만 취했던 것이다.

D가 주변상황에 개의치 않고 굳건하게 나서서 혼자 고소를 끝까지 진행 했더라도 관리자의 입장에선 여러모로 불편했을거란 얘기이다.

내 편인척 내 편이 아닌 것이 직장동료들의 불편한 진실인 것을 어쩌겠는가?

한순간의 일에 몇 년간 아니 10년 가까이 가족보다 더 많이 얼굴을 보고 일을 해도 친구보다 못한 관계가 되어버리는 일이 허다하다. 믿는 도끼에 발등이 찍히는 일도 부지기수다.

원인이 어찌됐건 내가 고소와 같은 일에 휘말렸다면 확실하게 선택하여 결정을 내려야 한다.

우선 이 직장을 오래 다닐 것인지 말 것인지를 생각하는 것이다. 오래 다닐 것이라면 고소는 내가 아무리 억울하고 답답해도 접는 것이 맞고 다른 직장을 구해도 상관없다면 그만둬서라도 끝까지 가는 것이 맞는 것이다.

내가 직장도 오래 다니고 싶고 고소도 진행하고 싶으면 내가 간절히 원해도 회사 측에서 이미 퇴사를 하게끔 만들어버린다.

근무하다보면 별별 희한한 사람들을 많이 상대하게 되는데 말투가 각양각색이다. 한참 나이가 어려보이는 데도 반말하는 사람이 있고 나이가 많은 사람이 존댓말을 쓰기도 한다. 그렇다고 내 기분을 그 사람에게 똑같이 해줄 수는 없다. 왜냐하면 나는 일을 하는 것이고 그 사람을 상대해야 되기 때문에 때로는 따지지 않고 묵인하는 경우가 많은 것이다.

그러니까 때로는 못들은 척 하는 것이 현명할 때가 있고 못 견디겠으면 선임에게 인계하고 피하는 것이 상책이다. 그러니 안 좋은 일엔 애초에 엮이지 않는 것이 제일 현명한 방법이다.

사람 앞날을 미리 내다볼 수는 없지만 중요한 것은 상대를 대할 때 그 수를 먼저 읽고 내다볼 줄 아는 현명함을 가져야 한다.

그래야 내 실수를 줄이고 상황을 악화시키지 않는다. 내 선에선 해결할 수 없는 것은 그 순간엔 잠시 몸을 피하고 도와줄 수 있는 사람에게 넘기는 것도 나를 지키는 일이다.

Forever Young

직장생활을 하다보면 새로 입사하는 직원들의 풋풋한 나이대를 보면서 한편 마음이 씁쓸해지는 건 어쩔 수 없는 현상이 되어버렸다. 일하면서 이해되지 않은 부분들이 생길 때 '상대의 나이대를 감안하면 그럴 수도 있겠다.' 라는 생각을 이제서야 깨치기도 한다.

세대차이가 느껴질 때 마다 내가 그 나이대에 나는 어땠는가 생각을 해보면 이해가 된다.

일하다 쉬는 시간이 되어 교대하는 직원에게 말했다.

"잠깐 빵구다이 좀 붙이고 올게!!"

직원은 당황스런 표정을 지으며 말을 했다.

"네…???? 아 네…"

무슨 말인지 모르겠단 표정을 짓기에 다시 물어보았다.

"빵구다이 좀 붙이고 온다고!!"

"네??? 선배님 그게 무슨 뜻입니까?"

"아…뜻을 모르는구나…"

"빵구다이란 엉덩이 즉 엉덩이 붙이고 올게. 잠깐 쉬고 오겠단 소리지…!!"

그제야 이해가 된단 표정을 지은 직원은 표정이 밝아졌다.

"내가 너무 옛날 말을 쓴 것인가…"

직장생활 초반에 내가 항상 직원들과 쓰던 언어인데 지금의 20대 직원들은 이런 용어를 이해를 못하는 것이다. 한편으론 씁쓸한 마음에 내 나이를 다시 곱씹으며 한숨을 내쉬었다.

그러던 어느 날 눈이 퀭해진 직원을 보고 난 아무 생각 없이 말을 했다.

"눈이 와그리 빠꼼하노?"

"네에???"

당황스런 표정으로 날 바라본 직원에게 난 다시 말을 했다.

"눈이 왜 그리 빠꼼하냐고?? 빠꼼!!!!! 빠꼼이 무슨 뜻인지 몰라??"

"네… 선배님 무슨 뜻입니까!?"

순간 나는 아차 싶었다.

'아… 이 말도 모르는구만…'

"빠꼼은 눈이 왜 그렇게 퀭하냐? 피곤하냐?? 눈이 쑥 들어갔다.

뭐 이런 표현이지…"

그제서야 알겠다는 듯이 웃던 직원은 생전 처음 듣는 말이라고 하여 날 두 번이나 죽였다.

'그랬군… 그랬었던 것이었어!!!!!!!!!'

요즘 들어 아무 생각 없이 한숨이 내쉬어질 때는 나도 모르게 '아이고 시할마시야…' 라는 말이 나왔다.

지나가던 직원이 이 말을 듣고 그게 무슨 말이냐며 고개를 또 한 번 갸우뚱거렸다. 더 이상 해석의 말도 할 수 없었던 나는 그냥 웃어넘겼다. 어느 순간부터 직원들과 소통할 때 나만 아는 말이 많아지고 한번씩 이런 말을 쓸 때 마다 괜히 썼나 싶어 후회되기도 하였다.

그러나 어쩌겠는가??

20대 초반에는 나도 어디 가서 내 나이를 부러워하는 사람들도 많았고, 나이가 깡패라는 말이 있듯이 당차고 무슨 일이든 자신감이 넘쳤다. 그 당시로 지금 돌아갈 수만 있다면 하고 싶은 일이 많을 것이고, 좀 더 열심히 할 생각을 못했던 것이 후회로 남아 신중하게 했더라면 하는 생각을 수시로 해본다. 하지만 이미 세월은 흘렀고 세대 차이를 실감하는 나이대가 된 지금은 같이 일하는 직원들과 소통에 무리가 가지 않아야겠다는 생각뿐이다.

돌아보면 예전에는 직장동료들과 잘 지내고 싶은 마음에 내키지 않은 자리에도 꼬박꼬박 참석을 하고 혹시나 왕따라도 당할까 싶어 관계유지에 급급했던 시기가 있었다.

내 인생에 있어 끝까지 함께 하지 않을 인연을 놓지 못해 안달이 나고 감정소비를 한 것은 지금 생각해보면 그럴 필요가 없었다는 생각과 함께 부질없다는 생각이 제일 크다.

30대 후반이 된 나는 주변사람을 둘러보니 친하다고 생각할 만한 사람이 몇 명 없다.

친구들도 다 각기 삶을 살기 바쁘고 기혼자는 결혼생활에 충실하고 미혼자도 자기만의 삶을 살아가기 바쁜 것이다. 내 주변에서 갑자기 떠나가는 사람 내가 인연을 끊은 사람들은 이제 굳이 내가 노력하여 다시 붙잡지 않는다.

한 사람이 가면 새로운 사람이 오듯이 물갈이 되는 현상처럼 내 인연도 언제든 바뀔 수 있다는 것을 이젠 인정하기 시작했다. 인맥유지에 신경 쓸 것이 아니라 내가 무엇이든지 이루어 놓으면 환경이 바뀌면서 자연스레 인연들이 다가오는 것을 깨닫게 되었다.

내 일을 열심히 하다 보니 나를 진심으로 바라봐주는 사람들이 생기게 되었고 나 또한 노력 끝에 좋은 인연들을 만날 수 있게 되었다. 정말 좋은 인연은 내가 애쓰지 않아도 나를 알아봐주는 사람과 나에게 다가오는 사람이다.

SNS에 친구들과 여행사진을 올리고 파티에 인맥 자랑하듯 여러가지 사진을 올려 인증하는 사람들은 너무 많다. 물론 그런 능력도 아무나 할 수 있는 게 아니다. 하지만 실상은 남들에게 보여주기 식의 자랑거리일 뿐이다. 사이좋게 보이는 그들도 속사정을 들어보면 친한척할 뿐인 관계가 많고 그럴 때만 모여서 사진 인증하는 관계를 가진 친구사이가 많다. 겉으론 웃고 속으론 불편한 관계 말이다.

인생을 살다보면 생각지 못한 사람이 나를 도와주는 경우가 있다. 그럴 땐 친구나 가족보다 더 큰 위로가 되고 힘이 날 때도 있다.

세대 차이는 어쩔 수 없는 시대적 사회현상이다. 그들이 살았던 세대에 난 이미 사회생활을 하던 학창시절을 보내던 세월이 많이 흐른 시점이다. 이들과 대화가 잘 통한다는 건 오히려 말이 안 되는 경우일수도 있고 나 또한 세대에 맞춰 배우려고 노력할 뿐이다.

지금에서야 드는 생각은 자꾸 과거를 회상할 것이 아니라 앞으로 내가 살아가야 될 미래를 생각하며 준비하는 것이다. 그러므로 지금의 인연들과 잘 이어나가려면 상대에게 필요한 사람이 되는 것이 중요하다고 본다. 나를 필요로 하는 사람이 있어야 도울 수 있는 것이고, 서로 좋은 인연으로 나아가기 때문이다.

요즘 사람들 사고방식을 무조건 배척할 것이 아닌 그들의 세대를 이해하고 나를 위해 미래를 차분하게 준비하는 것이야 말로 진정한 삶을 사는 게 아닐까?

쇼윈도의 삶

여직원 D의 면접날이었다.

입사 때부터 직원들 사이에서는 면접 보는데 외제차를 몰고 왔다며 한동안 말이 오고갔다.

외제차를 몰고 다닐 정도면 직장생활을 굳이 안 해도 집안환경이 받쳐주는 것이 아닌가? 하고 서로 의아하게 생각하면서 지켜보기로 하였다.

"왜 이런 곳에 지원했을까?"

"그냥 알바비 벌러 오는 거 아니야?"

유언비어들이 난무할 때 D는 입사했고 직원들에게 웃으며 인사를 하였다.

웃는 모습이 참 예쁜 직원이었다. 성격도 활발하여 남녀노소 가릴 것 없이 잘 어울리며 친해졌다. 주변평판을 들어보면 칭찬이 끊이질 않았고 유머감각까지 갖추고 있어 모자랄 것 없는 그녀였다.

그러던 어느 날 회식을 하게 되었고 그녀는 술에 만취하게 된다.

술 먹고 안하던 실수를 저지른 그녀는 다음날부터 SNS에 지극히 개인적인 자신의 이야기를 공개 전환했다가 비공개 전환했다하며 끊임없이 올리기 시작했다. 그녀의 SNS를 모르는 직원들은 그녀가 마냥 좋은 사람이었고 일부 알고 있던 직원들은 그때부터 무언가 이상하다는 직감을 가지게 된다.

그녀는 남자친구가 있다는 사실을 측근 직원들에게 말했지만 결혼까지 한다는 말은 숨기고 있었는데 SNS를 보고 머지않아 결혼 날짜까지 잡았다는 것을 알게 되었고 직원들 간에 소문이 언제부터인가 돌기 시작했다.

나름대로 개인사정을 밝힐 수는 없었겠지만 굳이 결혼을 비밀로 해야 했던 것일까?

D는 자신의 이야기가 다른 직원들에게 퍼질까봐 걱정이 되었던 것이다. 본인의 사생활과 직장은 별개로 철저히 다르게 행동했던 것이다.

물론 그게 나쁜 건 아니다. 사생활을 굳이 직장동료들에게 말할 이유가 없을뿐더러 오픈하는 게 싫어 말하지 않는 것도 본인의 마음이기 때문이다. 하지만 D의 SNS를 알고 있던 일부직원들은 하루가 멀다 하고 바뀌는 그녀의 말과 사진을 보며 이중적인 성격이 라 생각이 드는 건 어찌할 수 없었다. 개중엔 차단당한 직원들도 있었고 친하게 지내다 갑자기 멀어지게 된 동료도 있었다.

그러던 어느 날이었다.

일을 하다 어이없게 화가 난 상황을 겪게 된 그녀가 회사에 그만둔다는 통보를 하게 된다.

일적인 문제였는데 그 누구라도 이유를 들으면 화가 날 상황이라 그녀를 위로했고 챙겨주었다. 하지만 그녀의 속사정은 그것이 아니었다.

결혼식이 다가오고 있었고 같이 일하던 남직원과 썸씽이 있었다는 소문이 돌기 시작했다. 하지만 교묘하게도 일적으로 엮어 포장되었고 많은 직원들이 일 때문에 그만두는 것으로 알고 그녀를 응원하였다.

기가 찰 노릇이었다. 이 사실을 아는 직원은 정말 극소수였다. 당당하게 그만 둔 D는 시일이 지나 결혼식을 진행했고 직장에서 있었던 모든 일은 혼자만의 비밀로 덮어두게 된다.

그녀의 SNS는 아무 일도 없었던 것처럼 일상을 올리고 지우고 사랑하는 남편의 애정이 듬뿍 담긴 사진들을 업로드하기 바빴다.

그 누구보다도 행복해보였다. 그러나 속은 얼마나 불편 했을 것인가...

차라리 까놓고 본인의 삶을 사람들에게 말했으면 축복해줄 사람들이 더 많았을 텐데 숨기고 자신의 비밀을 알게 될까 두려워 급급해하는 그녀의 모습은 안타깝기까지 하다.

하지만 그만 둔 D의 행동은 여기서 그치지 않았다.

회사에서 알게 된 친하지 않은 직원에게 비위를 맞춰가며 꾸준히 연락을 해 자신의 뒷말이 들릴까 동태를 살피는 행동까지 취했다. 참 피곤한 인생을 살고 있는 것이다.

사람은 누구나 실수를 한다. 완벽하려고 노력할수록 흠을 잡으려고 주시하는 사람들도 존재한다. 술을 마시고 실수한들 직장을 계속 다니고 있으면 오히려 사람들은 쉽게 말하지 못하고 시간이 지나면 흥미 거리가 떨어져 잊혀 지게 된다. 하지만 그만두는 순간 사람들은 하나같이 입을 열기 시작하고 그녀만의 비밀은 모르던 사람들까지 알게 되는 일이 생긴다.

직장동료는 퇴사하면 끝이라는 인식과 더 이상 보호해줄 의무가 없다고 여기기 때문이다.

어쩌면 그녀는 사람들에게 완벽한 사람으로 남길 바랬는지 모르겠다. 그렇지만 본인이 저지른 실수를 무마하려고 취한 행동들이 완벽한 그녀의 오점이 되어버렸다.

영원한 비밀은 없다.

끝까지 좋은 사람으로 남고 싶었다면 SNS에 자신의 감정을 표출

하지 말았어야 했고 직원을 차단하지 말았어야 했다.

내 감정은 불편한데 아무렇지 않게 행동하려니 얼마나 힘들었겠는가?

본인 스스로 주변사람들을 적으로 만들어버리는 것이다. 그래놓고 나만 피해자라며 친한 지인들에게 호소를 하며 공감대를 유도한다. 그들에게 위로를 받고 또 화내고 SNS로 표출하고 차단하고 무한반복으로 행동을 취하면서 왜 나만 인간관계가 힘들다고 느끼는가?

그건 모두 내가 만들어 낸 인간관계의 결과물이다. 남 탓이 아닌 내 탓이라는 거다.

안하무인

첫 번째.

바쁜 오후 로비데스크에 전화 한 통이 걸려왔다.

"거기 ○○이 있어요?"

난 잘못 걸려온 전화인가 싶어 다시 되물었다.

"여긴 로비데스크입니다. 누굴 찾으세요?"

다급한 여자의 목소리가 들려왔다.

"저 몇 호에 사는 ○○이 엄마인데요. ○○이 로비로 안 내려왔습니까?"

당황스러웠다. 참고로 여기는 한 동에 628세대가 산다. 일일이 누구 집 아이들 이름을 기억해 내는 게 가능할 리가 있겠는가? 하지만 왕래가 잦은 세대는 대부분 누구 집 아이들인지는 기억을 한다.

그런데 친구에게 전화하듯 앞뒤 말을 다 잘라먹질 않나 다시 되물어야 구체적인 설명을 하는 모습을 본 나는 한숨이 내쉬어졌고 차분하게 말을 이어나갔다.

"네... 아직 안내려왔어요."

"그래요? 지금 내려갔으니까 보이면 붙잡아서 저에게 전화해달라고 해주세요!!"

너무나 당연한 요구란 듯이 양해의 말도 없는 사람에게 친절을 베풀어야 하는 것도 어찌할 수 없는 내 상황이었다.

"네... 보이면 연락하라 할게요."

전화는 끊어지고 곧이어 ㅇㅇ이가 보였다.

"ㅇㅇ아!!!"

이름을 아무리 불러도 뒤 돌아보지 않던 아이는 내가 두세 번 부르자 귀찮다는 듯 한 표정으로 뒤를 돌아봤다.

"엄마가 급하게 찾으시네. 얼른 전화해봐!!"

아무 말 없이 날 바라보던 아이는 말 대신 팔을 들어 엑스자를 표시하기 시작했다. 난 당황하였지만 인내심을 갖고 물었다.

"엄마가 찾는다니까!! 얼른 전화드려!!"

아무런 반응이 없던 아이를 다그치자 어렵사리 말을 꺼냈다.

"싫어요..."

"어??? 왜????"

"제가 대체 뭘 잘못했는지 모르겠어요. 엄마한테 화가나요!!"

"아니 그래도 엄마가 사정이 있어서 그런 것 같은데 전화를 먼저 하는 게 순서 아니겠니?"

아이는 또 다시 침묵으로 일관했고 망부석처럼 서있었다.

그러자 로비에 전화가 또 울렸다.

"아가씨!! ㅇㅇ이 내려왔어요?"

"네.. 여기 있는데 전화하기 싫다고 하네요."

"네??? 아휴... 좀 바꿔주세요!!"

"ㅇㅇ아 전화 받아!! 엄마야!!!!!"

말없는 아이는 싫다며 고개만 저었다. 아이의 엄마가 수화기에서 소리쳤다.

"급한 일이라고 받으라고 해줘요!!"

"ㅇㅇ아!! 엄마가 급한 일이래!!"

아이의 반응은 무뚝뚝이었다. 난 중간의 입장에서 참 난감했고 모녀사이에 끼여 어쩌라는 것인지...

애써 웃으며 아이를 달랬고 마지못해 전화를 받았다.

"여보세요..."

기어들어가는 목소리로 전화를 받던 아이는 엄마와 몇차례 얘기를 주고받고 자리를 떴다.

대체 이게 다 무슨 상황이란 말인가?

로비에 비치된 전화기가 그들만의 화해의 도구도 아닐뿐더러 개인적인 용도가 아니라는 것을 전혀 모르는 것 같았다.

잠시 통화중인 그 시점에도 비상 시 로비에 전화가 걸려올 수도 있고, 여차하면 정말 급한 용무를 이행하지 못하는 경우도 생길 수 있는데 어른부터 이런 걸 전혀 알지 못한 상태에서 누구 탓을 하겠는가?

급한 사정이야 누구나 있겠지만 우선 전화를 걸었으면 제일 먼저 상대에게 양해를 구하는 게 맞는 거 아닌가? 이건 학교에서 배우는 가장 기본적인 전화예절인데 말이다.

내가 왜 그들 사이에 끼여 중재시켜야 되고 달래줘야 하는 건지 일하면서도 자괴감 들었던 날이었다.

두 번째.

유치원 갔던 아이들의 학원차가 로비 앞에 정차하였다.

여자아이가 내렸고 로비 안으로 들어온 아이에게 난 키를 찍어주기 위해 엘리베이터로 다가갔다.

매일같이 키가 없었던 아이는 항상 찍어달라며 말하고는 했는데 이젠 얼굴만 봐도 알아서 동행하게 된 것이다.

잠시 뒤 로비에 울먹거리는 모습으로 나타난 아이는 나에게 말을 했다.

"엄마...가 집에 없어요..."

"뭐??"

"집에 안 계셔??"

"네..."

금방이라도 울 것 같은 아이를 달래며 말을 했다.

"엄마한테 전화해봐."

로비에 비치된 전화를 들고 통화하던 아이가 갑자기 화를 내기 시작했다.

"싫어!!!!!!!! 싫다고!!!!!!!!!"

소리를 지르는 모습에 놀란 나는 쳐다보았고 주변사람들의 시선이 느껴졌다.

순간 아이는 전화기를 바닥으로 내팽겨 쳤고 퍽 하는 소리와 함께 전화기는 대리석 벽에 부딪히며 전화선에 겨우 매달려있었다. 난 어이가 없어 아이를 쳐다봤다. 아이는 갑자기 울어댔고, 엘리베이터로 향했다.

곧이어 로비에 전화가 울렸다.

"아가씨, 저 ○○이 엄마인데요. 옆에 ○○이 있어요??"

"아니요. 좀 전에 집으로 올라갔어요."

안도의 한숨을 쉬던 여자는 웃으며 말하였다.

"감사합니다."

그 순간 아이의 거친 행동을 말을 할까 생각도 해봤지만 안하는 것이 더 나을 거란 판단에 말하지 않았다.

내가 말을 한다 해서 아이의 행동이 고쳐진다면 바로 말을 할 테지만 자고로 집안에서 하던 행동을 바깥에서 똑같이 하는 법이다. 집안에선 얌전한 아이가 밖에 나와서 소리를 지르고 물건을 집어던지는 경우는 거의 없지 않은가? 어머니의 입장에서도 자녀가 밖에서 다른 사람에게 민폐를 끼쳤다는 것을 알았다고 해도 결국 팔은 안으로 굽게 되어있다.

예전에 이런 일도 있었다.

버릇없는 아이의 행동에 도저히 참을 수 없었던 남직원이 그 아이 부모에게 말한 적이 있었는데 오히려 부모는 그 뒤로 말해 준 남직원을 무시했었다. 다그친 상대에게 더 기분이 나쁘고 자녀를 감싸게 되더란 말이다.

그 뒤론 아이들이 버릇없이 굴어도 그러려니 하고 그냥 넘어가는 경우가 오히려 자연스러워졌다. 그의 부모와 불편한 관계를 유지하고 싶은 마음이 없기 때문이다.

요즘은 자기자식을 나무라는 사람을 더 싫어하는 세태가 되어버린 것이다.

세 번째.

저녁시간이 끝나고 데스크로 복귀하였다.

데스크엔 항상 이 시간만 되면 장난을 치는 아이가 있었는데 이날도 어김없이 집에 가지 않고 있었다.

날 보며 대뜸 아이가 말했다.

"전화가 이상해..!!"

"왜?? 뭐가 이상한데??"

"봐봐 받아봐!!!"

얼른 수화기를 받아 귀에 가까이 대보았다.

"지금은 전화를 받을 수 없습니다... 뚜뚜뚜..."

안내 멘트가 나오는 걸 들은 나는 말했다.

"엄마가 지금 전화를 받을 수 없는 상황 같은데 집에 올라가보자."

"아니... 싫어!! 나랑 팔씨름하자!!"

"갑자기?? 지금?"

"응!! 빨리 나랑 해보자!!"

"5:40분에 팔씨름을 하자고??"

"그래!! 빨리 하자!!"

다짜고짜 팔씨름 하자던 아이에게 해주지 않으면 집에 갈 것 같지 않았고, 나는 애써 웃으며 말했다.

"그래 한판만 하고 올라가는 거야. 알겠지?"

"응!!"

일부러 팔에 힘을 뺀 나는 져주었고 박수를 치며 말했다.

"우와... 힘이 나보다 훨씬 세네."

그 말을 듣고 우쭐해 하던 아이는 한숨을 내쉬었다.

"여긴 나보다 힘센 사람 없어!!"

"그..래. 네가 힘이 제일 세네. 축하한다. 얼른 집에 가자!!!"

아이는 그래도 가지 않는다는 표정을 지었고 다시 전화를 하기 시작했다.

'아휴... 바로 올라가긴 글렀구만...'

전화를 갑자기 끊은 아이는 나를 물끄러미 쳐다보며 말하기 시작했다.

"운동을 해야 돼. 운동!! 그래야 힘이 세지지!!"

웃음이 나왔지만 참았고, 집으로 올려 보낼 수 있었다.

이 아이와 관련된 에피소드는 참 많은데 어머님이 외국인이라서 아이는 한국말이 서툴렀고, 항상 우리에게 반말을 했다.

어떨 땐 당황스럽기도 하였지만 이해하며 달래기를 수차례, 어느 날 과자를 손에 꼭 쥐고 나에게 다가왔다.

"이거 먹어!!"

"우와... 나 주는 거야??"

"응!! 얼른 먹어!!"

"고마워."

과자 두개를 받은 나는 옆에 옮겨놓았다. 그 모습을 본 아이가 말했다.

"왜 안 먹어?"

"응??"

일하는 시간이라 못 먹는다는 말을 하고 싶었지만 당장 먹는걸 보고야 올라가겠다는 모습에 나는 둘러대었다.

"아껴 먹을려고 놔둔거야. 이따가 꼭 먹을게!!"

아이는 놀란 표정을 지으며 나에게 말했다.

"응?? 나중에 먹을거야?"

"그래, 아껴먹을게"

이제야 이해한 표정으로 키를 찍어달라는 아이와 동행하고 있는데 갑자기 나를 불쌍하다는 표정으로 바라보며 마지막으로 말을 건넸다.

"너는 아껴 먹는 거 좋아하는구나."

헉…

아니라고 말하고 싶었지만 벌써 엘리베이터의 문은 닫혔고 아이는 집으로 올라갔다.

'아… 그게 아닌데…'

졸지에 자린고비가 되어버린 나는 한동안 아이의 측은한 표정과 위로를 받아야했다.

그러던 어느 날 불우이웃돕기 성금 모으기를 하기 위해 데스크엔 커다랗고 빨간 돼지저금통이 비치되어 있었다.

워낙 강인한 이미지에 아이들은 너나 할 것 없이 지나가다가 이게 뭐냐고 물어보는 일이 많았는데 그 아이도 예외는 아니었다.

"이게 뭐야??"

이건 우리보다 어려운 사람들을 도우려고 돈을 모으는 거야.

"어려운 사람이 뭐야?"

"음..그러니까 살아가는데 조금 힘든 사람들 있지? ㅇㅇ보다 불쌍한 사람들 도와주는 거야."

"불쌍한 사람?"

"그래"

이제야 이해한 표정을 지은 아이와 엘리베이터까지 동행하며 아이를 탑승시켰다.

문이 닫히기 직전 아이가 말했다.

"근데... 왜 불쌍해??"

말이 끝나자 문은 닫혔고 엘리베이터는 말없이 위로 향하였다.

'아.. 아직 이해한 것이 아니었구나.'

이처럼 내가 아이의 엄마 같은 모습으로 달래주기도 하고 설명해주기도 하면서 간혹 여기가 어린이집인지 유치원인지 헷갈릴 때가 있다.

'여긴 어딘가... 나는 누구인가...' 하면서 말이다.

분명 나는 안내데스크에서 일을 하며 서비스직을 하고 있지만 아파트라는 친숙한 곳에서 특별한 상황을 겪는다. 누구나가 겪을 수 있는 일을 포함하여 입주민들을 위한 서비스를 제공하면서 말이다.

데스크에서 일을 하며 가장 많이 봐온 사람들의 모습 속에서 일관된 모습을 발견한 적이 있는데 부모가 직원들에게 인사를 하면 자식들도 따라 인사를 하고 부모가 인사를 하지 않으면 똑같이 하지 않는 것이다.

아무리 나이가 어려도 집안 교육이 올바른 아이는 밖에서도 갖추어진 모습으로 사람들에게 비춰진다. 당연한 얘기지만 이런 당연한 것도 지키지 못하는 사람들이 얼마나 많은가?

본인이 원하는 요구를 들어주지 않으면 화를 내고 결국엔 비싼 관리비를 내면 그 정도의 일은 해주는 게 당연하지 않냐는 논리를 펼치며 합리화시킨다.

물론 그 말이 틀린 건 아니다.

고용된 직원들은 열심히 일을 해야함이 옳고 그들의 생활환경에서 불편함 없이 융통성있게 일을 하는 것이 당연한 일일지도 모른다. 하지만 자녀들까지 무시하는 어투로 직원에게 반말을 하고 억지를 부리면 아무리 오랜 경력을 지닌 직원이라 할지라도 멘탈이 무너지는 경험을 한다.

5년차에 접어들면서 다양한 사람들과 함께 아이들과 상대하면서 어디 가서도 경험할 수 없는 일을 많이 겪었다. 같은 서비스직종이라도 주거지에 속해있는 사람들을 상대하다보면 자기 본성이 나오기 마련이다. 사람들이 사회생활에서 행동하는 것은 엄연한 차이가 있다.

사회생활하면서 사람들을 대할 땐 누구나가 자기의 본성을 감춘다. 좋은 이미지를 심어주기 위해서 위장을 하고 치장을 하지만 자신이 생활하는 공간에 들어오면 본성대로 움직인다.

내가 5년 동안 이곳에서의 경험이 확실히 다른 곳의 10년 근무와 많은 차이가 난다는 것을 이곳에서 알게 되었다. 사회와 거주지는 분명 다른 것이다. 자신의 집에서 어른들의 대화를 그 자녀들이 듣고 똑같이 행동한다는 것이다.

부모가 직원들을 하대하면 그 모습을 보고 자녀도 똑같이 한다는 것을 알 수 있었다. 반대로 그 부모가 인격적으로 대하면 그 자녀도 똑같이 인사를 하면서 대하는 것이다.

내가 느낀 건 학교의 공교육보다도 가정교육이 정말 중요하다는 것을 알 수 있었다. 이것이 성장하면서 아이들은 인격이 되는 것이다. 나에겐 모든 것이 깨달음의 시간들이었다.

어떨 땐 귀찮은 적도 있었고 어른으로서 가르쳐줘야 하는 일도 있었지만 모든 것이 값진 경험이었다고 생각한다.

실종된 체계질서

아침 조회시간이 되어 직원들이 모두 모여 있었다.

조용하던 순간 어디선가 불만 섞인 목소리가 나오기 시작했다. 그 당시에 나는 다른 직원 D의 개인사정으로 출근시간대를 그녀가 원하는 대로 맞춰주고 있는 상황이었고 평소 이를 못마땅하게 여긴 C가 관리자에게 강력하게 어필을 하였다.

수차례 말을 해도 반응이 없자 C는 내가 D에게 이용당하고 있다는 주장을 펼치기에 이르렀고 얘기를 듣고 있던 그가 갑자기 소리를 질렀다.

"시끄럽다 !! 조용히 해라. 자기들끼리 얘기가 되서 변경한건데 네가 왜 설치노?

이제 그만해라!! 아침부터 기분 잡치네. 조회 끝!!!! 해산!!!!!"

C의 얼굴은 빨개졌고 금방이라도 터질 것 같은 모습에 난 당황하였다.

험악한 분위기에 다른 직원들은 아무 말도 할 수 없었고, 그 자리를 재빨리 벗어나기 바빴다.

"언니!! 미친놈 아니예요?? 아침부터 왜 소리를 지르고 난리죠??

솔직히 이런 식으로 일하는 건 아니잖아요? 어이가 없네. 진짜 아침부터 재수 없다."

속사포로 쏟아내는 그녀의 얘기를 들으면서 난 할 수 있는 말이 없었다. 입사한지 얼마 되지도 않았던 내가 주장할 수 있는 입장도 아니었고 환경에 적응하느라 정신이 없어 그저 시키는 대로 한 것일 뿐 이렇게 큰 문제가 되리라고는 인지하지 못했던 것이다.

그날 이후 앞으로 여사원은 조회시간에 참석하지 말라는 통보를 했다. 강력하게 자기주장을 펼쳤던 C는 개인사정으로 퇴사하게 되었고 여직원 B와 일하게 되었다. B의 성격은 C와 매우 비슷했고 본인이 상대에게 조금이라도 불리한 대우를 받았다고 생각하면 가만히 있지 못했다. 상대에게 꼭 말을 해야 했고 늘 싸워야 했다. 그런 모습은 관리자 A에겐 골칫거리이자 머리가 아픈 것이었다.

B는 우연히 윗사람의 지목을 받고 A와 같이 회의에 참석하라는 통보를 받게 된다.

간부들이 많이 모여 있는 어려운 자리에 회의 참석자들은 관리자 A에게 건의사항과 의견을 말해보라 하였지만 그는 묵묵부답으로 일관했고 할 말 없다는 의견을 제시했다.

그 모습을 지켜보던 B는 A가 참 무능력한 사람이라 느껴졌고 바보 같다는 생각까지 이르게 된다.

'왜 말을 하지 않는거지? 좋은 기회인데 이참에 불만사항이나 건의사항 얘기해서 고쳐지면 좋은 거잖아? 바보인가?? 그럼 내가 다 말해야겠다.'

이런 생각까지 미치며 그를 너무나 한심해했고 답답해했다.

간부들은 B에게 똑같은 질문을 했고, 이에 질세라 B는 폭풍의견을 늘어놓으며 자기주장을 펼쳤다. 그러자 간부들이 웃으며 말했다.

"이야... B가 A보다 훨씬 낫네. 의견전달력이나 행동하는 게 말이야... 네가 관리자 해야겠다."

그런 모습에 B는 우쭐해졌고 자신감이 충만되어 무엇이라도 할 수 있을 것만 같았다. 회의가 끝난 후 그녀는 나에게 관리자의 무능력함을 또 다시 지적하며 본인을 과시했다.

"언니... 진짜 한심 하더라구요. 아니 관리자가 되가지고 말 한마디도 못하고 바보 아니예요?? 진심 부끄럽고 쪽팔렸어요."

난 과연 그녀가 올바른 행동을 한 것인지 생각해 보았다. 관리자가 간부들에게 아무 말도 하지 않았는데 혼자 총대 메고 나서서 의견을 어필했다? 관리자가 바라봤을 때 B의 행동은 옳았는가?

내 생각은 조금 달랐다. 누군 바보라서 아무 말 하지 못하고 멍청해서 가만히 있었겠는가?

간부들을 더 많이 보고 겪어 본 사람은 그 누구보다도 A이다. 참고로 A는 관리자가 되기 전에 현장경험이 많았던 사람으로 지금의 자리까지 올라오게 된 사람이다.

누구보다도 현장경험이 있는 사람이기에 나는 A의 말을 어느 정도 수긍하는 편이었다. 반대로 B는 내가보기엔 자기주장만 어필하는 쪽이었다.

의견을 어필해서 달라질 것이 있고 고쳐질 것이 있었다면 분명 말을 전달하고 실행했을 것인데 아무 말 하지 않았다는 것은 필히 이유가 있는 것이다. 그걸 알지 못하고 아무 말도 못했다며 바보라고 말하는 B의 모습은 흡사 하나만 알고 둘은 모르는 단순함의 극치였다.

그 뒤에 B의 의견이 수렴이 안 된 건지 아무 일도 일어나지 않았다. 차라리 그런 상황에서 본인의 의견을 전달하지 않고 이렇게 말했으면 어땠을까?

'저는 관리자 밑에서 일하고 있는 사원이며 지시사항을 따를 뿐입니다. 제가 말하고자 하는 것은 관리자가 더 잘 알고 있고 의견을 말하실 겁니다.'

이렇게만 말했어도 관리자는 그들 앞에서 관리자의 위치로 힘이 실렸을 것이고 B를 다시 돌아보는 계기로 좋은 이미지로 인식될 수도 있었다. 하지만 B의 대처는 둘의 관계가 더욱 악화되는 결과를 초래했다.

그 이후로도 B는 관리자에게 좋지 않은 감정을 가진 채로 일을 했고 관리자들과 마주쳐도 인사하기 싫어 모른 척 했던 행동이 그들 눈에 띄게 되고, 주위 사람들로부터 이상한 말이 들리기 시작했다.

"문정아 B말인데... 미친년 아니가... 다른 사람은 그렇다 쳐도 자기보다 나이가 훨씬 많은 사람한테 인사하기 싫어서 무시하고 지나간다는 게 말이 되나? 누가 먼저 수그려야 되는 거고? 관리자가 먼저 그래야 되나? 자기가 먼저 그래야 되나? 싸가지가 없노..."

그 사건 때문인지 모든 여직원은 일주일에 한번 조회에 참석하라는 통보를 받았다. 몇 년만에 이루어진 일이었다. 아마도 B의 오만한 행동에 무시하지 말라는 정신교육이 아니었을까?

덕분에 출근시간이 조금 당겨졌고 새벽4시에 눈을 떠야했던 나는 피곤함이 몰려와 몸은 지쳐 이루 말할 수 없었다.

오전시간대는 머리가 둔해짐과 동시에 피곤함이 몰려와 일을 하는데도 집중력이 흐트려지기 일쑤였다. 이 모든 일의 원인에는 B가 포함 되었지만 그녀는 너무나 당당했고, 아무렇지 않았다.

그 이후 관리자와 면담을 하게 되었는데 그 과정에서도 서로 큰 소리가 오고갔고 면담이 끝나자마자 B는 나와서 울기 시작했다. 억울하고 분한 마음이 든다고 했다.

시간은 흐르고 어느 순간부터 관리자는 여사원들을 멀리하며 피하는 상황이 생기고 마주치게 되어도 인사는 하지만 서로를 데면데면하게 되었다. 입사 초반 때처럼 여사원을 챙겨준다던지 신경쓰는 모습은 사라진지 오래였고, 각자의 할일을 할 뿐이었다.

출근하여 탈의실에서 옷을 갈아입고 있었다. 누군가가 문을 두드렸다.

똑똑똑...!!

똑똑!!

비밀번호를 눌러야 들어올 수 있는 공간이기에 들어오진 못할 것이라 생각한 나는 여유있게 있다가 갑자기 도어락 비밀번호를 치는 소리에 놀라 급하게 옷을 입었다.

선임이었던 남직원 ㅇㅇ였다. 황당하면서도 놀란 내가 물었다.

"무슨 일이예요??"

"아 문정씨.. 안에 있었어요?"

"지금 관리자 A가 넥워머를 다 걷어서 세탁해서 오라고 하는데 여사원들 것 전부 다 들고 가야 해요!!"

"네??!! 지금요??"

"다들 가지고 있는지도 모르겠고 이따가 오면 걷어서 드릴게요!!!!"

"하아... 안되는데 급해서 지금 찾아 갈게요!"

막무가내로 들어온 그는 내가 막을 수 없었고 보는 앞에서 내 사물함을 뒤지고 있었다.

이건 상식이하의 행동이었다. 남직원이 그것도 여직원 탈의실을 들어오면서 사과의 말도 없이 문을 연다는 것도 어이가 없고 그 뒤에 하는 행동은 할 말을 잃게 만들었다.

그 선임은 본인이 하는 업무 때문에 어쩔 수 없이 여탈의실 비밀번호를 알고 있을 수밖에 없었지만 이건 경우가 아니었다.

나는 화가 나는걸 참고 말하였다.

"이따가 줄테니 지금은 나가는 게 좋겠어요."

그는 내 말을 무시하였고 다른 여직원들의 사물함을 마구잡이로 뒤지기 시작했다. 어이없는 상황에 제멋대로인 선임을 쳐다보자 넥워머 하나를 발견한 그가 말했다.

"여기 있네!! 이거 들고 갈게요. 대신 말 좀 해줘요!!"

본인의 목표를 이루었다는 듯이 당당하게 나가는 모습에 내 입에선 나즈막이 욕이 나왔다.

"XX새끼가..."

난 관리자에게 말했고 그 선임은 욕을 무진장 먹었다. 나에게 미안하다는 카톡이 왔지만 무언가 가슴 한구석 찜찜함은 사라지지 않았고 비번을 변경했다.

며칠이 지났다.

일하고 있던 중에 B의 전화가 왔다.

"언니 전데요. 여탈 비번 바뀐 거 말이예요. 그거 선임 ㅇㅇ가 알려 달래서 가르쳐줬어요."

"네?? 비번을 알려줬다고요? 왜요??"

"여탈의실 안에 사물함 하나를 더 넣어야 되는데 못 넣는다고 해서 저한테 비번 알려달라고 하더라구요. 저번에 탈의실 사건도 있고 해서 눈치가 보이는 거 같던데 그 사람 괜히 윗사람한테 욕 많이 먹고 불쌍하잖아요. 그리고 지난번 일도 관리자에게 일러 바쳐서 기분 나빴을까봐 그게 아니라고 오해였다고 제가 다 말해놨어요!!!"

난 할 말이 없었다. 일부러 바꾼 비번인걸 알면서도 불쌍하다며 알려 준다는 것이 말이 되는 소리인지... 굳이 지금 이 시간에 해야 될 일인지... 그런 연락을 받았어도 최소한 물어보고 하는 것과 혼자 결정하여 판단하고 나서 통보하는 것의 차이를 모르는 듯 했다.

그리고 일을 하면서 불쌍하다는 말이 가당키나 한 것인가??

헛웃음이 나왔다. 일하는 것과 불쌍한 것은 무슨 차이인가? 불쌍하다고 일 못해도 봐주고 일을 그르쳐도 말할 수 없다는 소리인가?

이건 그냥 자기 합리화의 행동일 뿐이었다.

ㅇㅇ는 내 눈치가 보여 연락을 할 수 없었을 테고, 만만한 B에게 연락해 원하는 걸 얻었다.

사람은 절대 변하지 않는다. 미안하다고 사과를 했을 때도 윗사람에게 욕을 먹어 액션을 취한 형식적인 사과일 뿐이었다. 몇 달 전 일도 아니고 며칠 전에 일어난 일을 어찌 이리 아무 생각없이 행동한단 말인가?

B의 인성도 마찬가지이다.

사람들에게 인정받는 걸 좋아했고 평소 B는 자기주장을 어필하여 마치 자신이 일의 정석인 표준인 것처럼 행동하고 싶었던 마음이 이렇게 드러나는 것이다.

겉으론 '언니 미안해요' 라고 하지만 속으로는 판단은 '내가 알아서 하니 넌 가만히 듣고만 있어' 였던 것이다. 그렇다고 내가 나서서 싸워봤자 일을 키우고 B로 인해 스트레스 받는 일의 연속이었다.

관리자들은 이런 일들에 대해 알면서도 묵인하고 모르는 척 하는 일이 더 많았고 관여하기 싫어했다. 신경써봤자 머리만 아프니 말이다.

그러던 어느 날이었다.

단톡 방에 글이 하나 올라오게 되었다. 다른 부서의 직원이 개인적인 용도로 여직원 탈의실을 빌려서 쓴다는 내용이었다.

어이가 없었다. 탈의실이라는 곳이 지극히 개인적인 공간이자 사생활이 있는 공간인데 이곳을 다른 부서 직원에게 사용하게 한다니 이게 무슨 말도 안 되는 소리인가?

승인을 한 사람은 다름 아닌 관리자 A였다.

개인적인 친분이 있어 그렇게 했다 쳐도 이건 도를 넘은 것이었다. 기분이 상당히 좋지 않았다. 이런 상황을 아는지 모르는지 관리자들은 너무나 태평했고 아무렇지 않게 여기는 모습은 더욱 더 화가날수 밖에 없었다.

탈의실의 비밀번호를 다른 부서 직원이 알게 될 수도 있다는 것도 기분 나쁘고 사적인 개인용도로 쓴다는 것 자체가 말도 안 되는 일인지라 황당함의 연속이었다.

다음 날이 되었다.

출근한 직원들은 탈의실 안에 테이블의 위치가 제각기 어지럽혀진걸 보고 경악했고 관리자에게 말을 하게 된다. 난 찝찝한 기분에 비번을 다른 것으로 바꾸었다. 두 번 다신 이런 일이 없을 거라는 생각은 하루가 지나지 않아 또 장소를 빌려 쓴다는 연락을 받고 무너졌다.

무슨 남의 탈의실을 이틀 동안 빌려 쓰는가? 의심이 드는 순간이었다.

결국은 한 귀로 듣고 흘려버린 꼴이었고 우리가 말하는 건 듣지 않는다는 말이 되었다.

그 다음 날에도 물을 먹다 남은 컵과 어지럽혀진 테이블을 보니 한숨이 내쉬어졌다. 적어도 남의 장소를 빌려 썼으면 청소는 못할지언정 물건들은 제자리에 두는 것이 맞는 것일 터인데 이상했다.

이처럼 일일이 파고들면 문제가 아닌 것이 없다. 하지만 해결점이 나지 않는 문제에 점점 더 골이 깊어가는 것은 직원들이고 결국엔 하나 둘 씩 퇴사하게 된다.

처음부터 이곳의 회사 복지가 좋아 남아있는 직원들은 없다. 분명 찾아보면 더 좋은 환경을 가진 직장도 있고 원하면 충분히 이직할 수도 있다. 하지만 입사하기 힘들고 까다로운 점에 쉽게 이직이 되지 않아 남아서 일하고 있는 직원들이 훨씬 많다.

남사원들은 연차가 쌓이고 어느 정도 시간이 흐르면 수월히 진행되는 진급과정에 굳이 여기보다 어려운 직장을 선호하려 하지 않는다. 그때는 몸과 마음이 편한 이곳에서 자릴 잡고 평생직장으로 일하게 되는 것이다.

남사원 H는 이곳에 입사하기 전 몸을 많이 쓰는 일을 했고 힘들게 돈을 벌었다.

그 결과 몸은 망가졌지만 쉴 수 없었고 친구의 권유에 입사하게 되어 일을 해보니 이곳처럼 편하고 좋은 직장이 없었던 것이다.

관리자들의 모습을 보면 힘들게 일하는 것 같지 않았고 일하는 것에 대한 대가는 크게 느껴졌다. H는 평생 여기서 일하고 싶다 하였다. 이곳처럼 재미있는 직장이 없다고 하면서 말이다.

여사원들은 오래 일해도 진급은 커녕 변하는 것이 없는 환경에 사람들은 입사와 퇴사를 반복하며 많이 바뀌었지만 관리자의 입장에서 생각해보면 어차피 나가도 뽑을 인재는 많고 나이가 젊은 사람들이 많기에 걱정하지 않는다.

원래 이 회사는 여사원이 없었지만 사업장의 환경에 따라 어쩔 수 없이 배치하게 되었고 그로인해 점차 늘어난 케이스다 보니 사업장에서 원하지 않는다면 언제든지 잘려나갈 수도 있는 곳이었다. 그러니 복지나 처우에 대해 요구한다는 게 어찌보면 이들에겐 우스운 일일수도 있다는 생각이 든다. 본사가 체계적으로 직원관리를 하면서 여사원들을 신경 썼더라면 관리자들의 행동이 달라질 수 있겠지만 그게 아닌 경우인데 뭐 하러 일일이 신경을 쓰겠는가?

출근하면 본인들의 개인사를 더 중요하게 여기고 일은 뒷전이 돼버리는 것이다. 직원들이 힘들어 하던 말던 귀찮고 짜증나니 신경쓰기 싫은 일은 다른 직원들에게 미루고 회피한다.

그걸 본 직원들이 관리자가 되면 그들과 똑같이 행동하며 그들의 루트를 밟는다.

그러니 누가 누굴 욕하겠는가?

내가 생각했던 이 직장은 내 나름대로 전 직장에서의 서비스직 10년 동안의 경험을 노하우를 후배들에게 진심으로 전달해주고 싶었다.

그런데 5년차가 되니까 도대체 내가 무엇을 후배들에게 전수해줬는가 하는 생각을 최근에 많이 하게 된다.

한번은 이런 적이 있었다.

일에 미숙한 점이 나타날 때 그 일에 대한 지적을 수시로 하는 경우가 있는데 물론 상대방이 듣고 다음부터 실수를 반복하지 않는 반면 똑같은 실수를 하는 직원도 있다.

이럴 땐 나도 박탈감이 든다.

경험상 나는 일적으로 가르쳐줬는데 똑같은 실수를 반복하다 보면 결국 내가 말한 것이 무용지물이 아니던가?

최근에 직원들이 가끔씩 미래에 대해서 얘기를 할 때가 있다.

그러면 상담을 하게 되는데 진심으로 내 말을 받아들이는 직원은 얼마 되지 않는 걸 깨달았다. 결국 일이 터지면 직원들끼리 서로 도와서 해결해야 되는데 누군가는 관리자한테 일러바치는 것이다. 그러니 서로 불신하게 된다. 불신하게 되면 뒷말이 나오게 되고 결국 누군가는 퇴사하게 되는 일이 발생한다.

최근에도 그런 일이 있었다. 내가 1~2년 전만 해도 사람을 구하기가 하늘의 별따기 였는데 요즘은 20대의 사람을 구하기가 너무 쉬워졌다. 여사원을 뽑는다고 하면 20대 초반이 쉽게 구해진다. 차츰 20대의 여직원들로 세대가 바뀌는 걸 보면서 이제 30대 후반인 나는 언제부터인가 세대의 격세지감을 느끼고 있다. 한마디로 일적이든 사적이든 사고방식 자체가 다르다.

말하자면 내가 20대의 직장생활 초반에는 엄격하리만큼 선후배 관계가 확실했고 교육도 철저했다. 그런데 지금 20대는 말이 안 통한다. 얘기를 하면 듣는 둥 마는 둥 들으려고 하지를 않는다. 그러니 일적으로 장애가 발생하게 되면 싸우다가 그만두는 일이 발생한다.

일이 터지면 해결하려고 노력을 하는 것이 아니라 그냥 나간다. 그래서 사람이 자주 바뀔 수밖에 없다. 일에 투입되기 전 사전에 교육도 없고 선후배의 관한 호칭도 마음대로이다. 자기 편한대로 선배를 오빠로 불렀다가 이름 끝에 님자로 부르지를 않나... 나는 어이가 없다.

나이가 어려도 선배와 후배의 선을 분명히 그어야 되는데 이 부분을 말해주고 싶지만 들으려고 하지도 않는다.

직장에서 호칭이 둔감해지면 질서가 바로 잡히지 않는다. 직장생활이 아닌 알바개념으로 보기 때문에 이런 일이 벌어진다고 본다. 관리자 입장에서는 이런 상황을 알아도 별 신경을 쓰지 않는다.

왜냐하면 사람은 차고 넘치니까...

돈의 가치

미화직원에 관한 이야기이다.

보통 미화업에 종사하시는 분들의 연령대를 보면 높은 경우를 많이 볼 수 있다. 나도 처음엔 부모님 나이대의 직원들을 대할 땐 어려웠지만 친해지고 익숙해지다 보면 부모님처럼 잘 챙겨주셨고 어떨 땐 인생 상담자로서 얘기를 해주셔서 경청하곤 했다.

미화 남직원 B씨는 말투가 어눌하고 손가락 장애진단을 받은 사람이었다.

착한사람이었지만 직원들 사이에서 놀림감이 되기도 하고 순수한 점을 이용해 일을 부려먹은 사람도 있었다. 하지만 그는 항상 즐거웠고 매사에 열심인 사람으로 맡은 일은 끝까지 책임지는 행동파였다.

이런 그를 유심히 관찰하던 사람이 있었다. 다른 부서의 C였는데 B보다 나이가 훨씬 어렸지만 둘은 곧 말을 놓았고 사적으로도 만남이 빈번해져갔다. 난 그런 모습이 어색하고 이상하게 보였다. 둘은 전혀 어울리지도 않았거니와 뭔가 공감대가 없어보였기 때문이다.

그러던 어느 날,

사무실에서 시끄러운 소리가 들려왔고 사람들로 북적거렸다. 무슨 일인가 하니 B씨의 모친이 C의 관리자에게 큰소리로 따지고 있었다.

"아니...!!! 세상에 어떻게 이럴 수가 있습니까?"

"어머님이 말씀하신게 다 사실이란 말씀이시죠?"

"네 당연하죠!!"

"내가 살다 살다 이런 경우는 처음 봤습니다. 사람을 이런 식으로 이용한다는 게 말이 됩니까?"

"무슨 말씀이신지 잘 알겠습니다. 관리자로서 정말 죄송합니다. 해당 직원을 만나서 얘기해보고 처리하도록 하겠습니다. 너무 걱정하지 마십시요."

"내가 이 자리에서 C를 봤으면 가만히 안놔둘 텐데 여기 관리자 얼굴을 봐서 이정도로 참는 겁니다."

"제가 죄송할 따름입니다. 살펴 들어가십시요."

"그럼 관리자만 믿고 갈게요. 부탁합니다."

흥분한 그의 모친은 무척 화가 난 말투였다.

어두워진 관리자의 얼굴을 보니 예삿일은 아닌 것 같았다.

알고 보니 B씨는 퇴근 후 C와 어울려 다니면서 사적으로 술자리가 잦았다고 한다. 그것도 고급스런 유흥가만 골라 다녔고 계산은 B가 다 하도록 맡겼다는 것이다.

날이 가면 갈수록 금액은 커졌고 그 자리에 둘은 항상 함께였다. C는 술만 먹자고 하면 좋아서 따라가는 B를 이용해 사리사욕을 채우고 계산하도록 했고 나중에는 카드를 C에게 맡기기까지 했다.

그 결과 C는 그 카드를 이용해 술집을 전전하고 나중엔 모텔을 들락날락하며 숙박비를 계산했다. 기가 막힌 상황을 B만 인지하지 못했고 카드내역서는 고스란히 그의 모친에게 전달됐다.

모친은 처음엔 상황을 인지하지 못하다가 날이 가면 갈수록 심해지는 아들의 씀씀이에 B를 꾸짖었고 아들의 실토에 모든 사실을 알게 된 것이다. 화가 난 모친은 회사를 찾아와 관리자에게 자초지종을 설명하며 소리를 질렀던 것이다.

상황을 알게 된 관리자의 입장에서는 그런 직원을 회사에 둘 수가 없었다. 왜냐하면 다른 직원들의 이미지가 실추되기 때문이다. 결국 C는 회사를 그만두었고 B에게 카드 비용을 변제하도록 하였다. 이번 일을 계기로 사람은 겉과 속이 다르다는 것을 또 한번 느꼈다. 전혀 그런 이미지가 아닌 걸로 모두 알고 있었던 것이다.

일반 사람과 다르다는 이유로 약한 사람을 이용하고 그 과정에서 본인의 이득만을 취했던 C는 이번 일이 알려지지 않았다면 더욱 더 악순환이 반복되지 않았을까 하는 생각이 들어 두려워지기 까지 했다. 그날 이후로 B씨는 다른 부서의 사람들과는 어울리지도 않았고 관리자는 직원들을 수시로 감시하며 관찰하여 사고를 미연에 방지하는 분위기였다.

주변에서 하는 애기로는 B씨는 어릴 적부터 장애를 가지고 살았던 것은 아니었다.

평범했던 20대 시절 그는 고향인 지역 유지의 딸과 사랑에 빠졌고 둘은 결혼까지 약속했지만 여자집안에서 그와 만나는 것을 반대하는 상황이 벌어졌다. 어떤 방법을 써도 헤어지지 않자 여자집안에서 그에게 헤어짐을 종용했고 그 결과 그는 불의의 사고로 정신적인 충격을 받게 된다.

그날 이후 고향을 떠나 타 지역의 공장지대에서 일을 하던 그에게 손가락이 절단되는 사고가 연이어 생기면서 불행한 삶이 시작되었다고 한다. 남들보다 조금 다른 삶을 살게 된 영화같은 그의 과거를 듣고 나니 사람은 겉만 보고 판단해서는 안 된다는 것을 다시 한번 느끼게 되었다.

나와 같이 일했던 남직원 S의 이야기이다.

S는 나와 나이차이가 많이 난 선배였지만 본인만의 주장과 개성이 너무 강한 사람이었다.

일을 하면서 어쩔 수 없는 세대 차이는 나뿐만 아니라 대부분의 직원들이 생각하는 좁혀지지 않는 거리감이 생겨 흔히 우리와 맞지 않는 사람이라 여기고 불편해 하는 일이 잦았다.

그는 일적인 면에선 나무랄데 없는 사람이었지만 융통성이 전혀 없었고 허세가 심한 사람이었다. 격양된 말로 항상 후배들에게 언성을 높이며 욕을 할 때는 후배입장에서는 선배라는 이유로 참고 넘어가는 일이 허다했다.

대부분의 후배들은 그를 싫어했지만 어느 순간부터 이상한 장면이 목격이 되었다. 사이가 좋지 않음에도 불구하고 그가 후배와 같이 밥을 먹는 모습이 자주 목격이 되었고 웃으면서 농담을 하는 일도 잦아졌다.

난 단순히 사이가 좋아져서 그런 것이라 생각했으나 사실을 알고 나서는 찜찜함을 감출 수가 없었다.

S는 돈이 많았다.

혼자 살며 여자친구도 없었고 옷이나 다른 곳에는 돈을 잘 쓰는 일이 없었기에 수중에는 돈이 항상 넉넉하게 들어있었고 무언가에 꽂히면 돈을 쓰는 스타일이었다.

일부 후배들은 그를 보면서 비위를 맞춰주기 시작했다. 무조건 그의 말이 맞다고 치켜세우며 띄워주자 그는 그런 그들에게 한없이 관대해지며 돈을 쓰기 시작했다.

점심시간엔 비싼 음식을 사주거나 퇴근 후 고급진 Bar로 데려가

비싼 술과 안주를 사주고 택시비까지 줘버리는 그런 사람이었다. 후배들은 이런 점을 이용해 먹고 싶은 술이나 음식이 있으면 붙어서 비위를 맞춰주는 행동을 했던 것이다. 술집에서 한번에 70~100만원 가까이 술값을 냈다는 것을 다음 날 자랑스럽게 얘기하는 것을 본 나는 불편함을 느끼게 되었다.

그는 참 단순했다. 사람들이 본인을 이용한다는 생각은 하지 않았다. 그저 그 순간에 즐거웠으면 됐고 재미있게 지내면 그 뿐이라는 것이었다. 후배들이 허세 끼에 가득한 그를 이용하는 줄 모르고 그는 자신을 좋아해서 후배들이 본인을 아첨하는 줄 알고 있었던 것이다.

나와 같이 근무할 때였다.

별다른 일이 없이 지나가자 그는 나에게 갑자기 휴게실로 가보라며 권유하였고 아무 생각없이 휴게실로 들어서자 비싼 음식이 포장되어 있었다.

S는 맛있게 먹으라며 다 먹고 나오라는 말을 하였다. 나는 어리둥절했고 다음 날 같이 일했을 때는 무언가 화가 많이 나있던 그를 보며 쉬는 시간도 나에게 교대를 해주지 않아 쉴 수가 없었는데 성격이 워낙 기분파에 뭔가 맘에 들지 않으면 제멋대로 하는 사람이라 나는 이해할 수가 없었다.

사람의 본색은 바뀌는 것이 아니었다.

허세로 쌓아 온 인간관계들은 언젠가는 배신으로 돌아 올 수밖에 없는 것이다. 이걸 알았을 때 그는 분노했고 후회를 했지만 없어진 것은 그 동안 써버린 커다란 액수의 돈이었던 것이다.

직장생활을 하다보면 여러 직원들을 보게 되는데 입사해서 3개월 채우고 나가는 직원, 1년을 채우고 나가는 직원, 3년을 채우고 나가는 직원 등 다양하다. 그런데 3개월을 채우지 못하고 나가는 직원들을 보면 회사에 어떤 일을 해야 되는지 생각하지 않고 입사했다가 현실과 다른 모습에 나가게 되는 경우가 많다.

보통 1년을 넘기는 직원은 일보다도 좀 더 자신의 미래를 위해서 무언가를 따로 준비하고 나가는 직원이 대부분이다. 근무지에서 1년 쯤 일을 하다보면 일에 익숙해지고 나름대로 비전이 있는지 없는지 판단이 되기 때문에 자신의 미래가 보장되지 않는다고 생각이 든다면 퇴사를 하게 된다.

이런 직원일수록 계산적일 수도 있지만 어찌 보면 영리한 직장생활을 하고 있는 것이다.

그런데 3년 차 쯤 되면 어느 정도 주위 직원들의 행동이 눈에 들어온다. 이때는 일보다도 주변사람들과의 관계를 더 중요시 하게 되는 경우가 많다.

3년 차가 넘어가면 남직원 같은 경우에는 그 직장에서 계속 뿌리를 내리려고 하지 어지간해서 퇴사는 잘 하지 않는다.

여직원 같은 경우에는 결혼을 하게 된다든지 아니면 평상시에 자기가 원했던 직업으로 전환하는 경우가 많다. 그 결과 남직원과 여직원의 차이가 이렇게 다른 것을 깨달았다.

날로 먹지마라

나와 동갑내기였던 B의 얘기이다.

B는 마른 몸매의 소유자로 키가 크고 늘씬했다. 출근하던 날 급하게 뛰어오다가 회사 앞에서 크게 넘어졌고 다리에 깁스를 하게 되었다. 깁스를 하게 되자 관리자는 B의 몸 걱정보다 회사에 얼마나 지장을 주는지를 우선적으로 생각했다.

하루 종일 서있어야 하고 움직여야 하는데 다리가 불편하니 어찌할지 고민이 되었고 휴가를 계속 쓰라고 하기에도 빠듯한 상황이었다.

관리자 입장에서는 조별 순서대로 일을 해야 되는데 직원 한 명이 몸이 불편하면 대신 다른 직원이 그만큼 일을 더 많이 해야 되기 때문이다. 결국 주변사람들에게 피해가 가는 상황인 것이다.

B는 생각보다 길어지는 깁스기간과 당장의 생활비를 걱정하면서 일을 쉴 수가 없었다.

어쩔 수 없이 근무지를 임시로 사무실에 앉아 있는 곳으로 바꾸고 다른 직원들의 근무지를 조정하며 일을 하게 된다. 나도 B의 부재로 바쁘고 힘든 근무지에 연속으로 배정받아 일을 하였고 몸은 피곤하였지만 이해하려 애썼다.

B는 점점 주변 눈치가 보였어도 그만둘 수 없었고 관리자는 그런 그녀를 보며 내색하지 못하고 뒤에선 안 좋은 말들을 하였다.

"언제까지 우리가 지 편의를 봐줘야 하노?"

"지 때문에 고생하는 직원들은 따로 있는데 참 염치도 없네..."

그런 얘기는 곧 B의 귀에도 들어왔고 나한테 하소연을 하기에 이른다.

"정말 너무한 거 아니야? 내가 다치고 싶어 다친 것도 아니고 출근하다가 그렇게 된건데, 왜 다들 나한테 뭐라고 하는지 모르겠네. 사람들 진짜 못됐다. 내가 잘못한거야?"

그녀의 말을 들어보면 이해가 되고 일리가 있는 말이었지만 다른 직원들에게 미안하다는 말은 없었다. 적어도 본인 때문에 고생하는 걸 알고 미안한 표정이라도 지었다면 동정의 마음이 생겼을 텐데 너무나 당연하다는 말투는 나도 그녀를 기피하게 되었다.

그 후로 몇 개월이 지났고 깁스를 풀고 나서야 그녀의 몸은 예전으로 돌아올 수 있었다. 시간은 흐르고 또 한번 그녀에게 시련이 닥

쳤다. 망설이던 B는 나에게 어렵사리 말을 꺼냈다.

"나 수술해야 된대."

"응??? 갑자기 무슨 수술을 하는데?"

"가슴 안쪽에 혹이 생겼대... 큰 건 아닌데 제거해야 된대서..."

"그래? 그럼 빨리 수술해야지... 아휴... 걱정이 많겠네..."

"응... 근데 수술비가 생각보다 많이 들더라고... 내가 돈이 없어서 아는 오빠한테 빌렸어."

"그래? 다행이다... 관리자한테 말했어?"

"응...안 그래도 표정이 별로 좋지 않더라."

"그래? 원래 몸이 아프다하면 회사에선 안 좋아하잖아..."

"알고 있지... 근데 다른 일도 아니고 몸이 아파서 그렇다는데 여기 사람들은 참 냉정하다. 이래서 정이 안 간다니까...!!"

그녀는 화를 내면서도 답답한 마음에 본인에게만 안 좋은 일이 연이어 일어나는 것만 같다며 속상해했다. 그 말을 들은 관리자들은 하나같이 이렇게 말을 하였다.

"이번엔 또 무슨 수술이고? 진짜 아픈 건 맞나??"

여러 가지 말들이 오고갔지만 그녀의 수술은 끝이 났고, 더 이상은 아무 일도 일어나지 않을 줄 알았다. 하지만 그 뒤에도 치과에 다녀야 되서 근무시간을 바꾸고 얼굴이 뒤집어져서 피부과를 다녀야 하는 일 등 숱한 병력과 불신의 말들이 생겼다.

이런 일의 반복에도 불구하고 그녀는 항상 당당했고, 나와 근무시간을 지속적으로 바꿈에도 나에게 미안해하는 모습은 없었다.

나중엔 하다못해 운전학원에 다녀야 된다는 말로 여사원의 특권이었던 시차를 수시로 써댔다. 관리자는 폭발했고 그 뒤로 시차를 모두 없애버렸다. 덕분에 나까지 시차를 쓸 수 없게 되어 여간 불편한 게 아니었다.

B가 말했다.

"미친 거 아니야? 왜 다들 우리를 못 잡아먹어서 안달이야? 시차는 또 왜 없애는데?

학원 다니려고 시간 다 맞춰놨는데 시차 못써서 큰일이네. 짜증난다. 정말!!!"

난 어이가 없었다.

'우리라니? 내가 시차를 내 마음대로 썼던 적이 있었던가? 누구 때문에 이런 사태까지 온 것인가? 이 모든 일의 원인은 누구인가?'

그녀가 몸이 아팠던 건 어쩔 수 없는 상황이라 해도 이젠 하다못해 운전면허 학원으로 인해 시차를 마구 쓰다가 나까지 피해를 입은 상황이 되어 버렸다. 아직도 문제의 본질을 파악 못한 그녀는 관리자 욕을 하며 남 탓만 하고 있었다.

객관적으로 생각했을 때 학원등록을 하여 다니려고 했으면 회사 근무시간 이외에 남는 시간과 여유시간에 맞춰 다녀야 되는 게 맞는 것이 아닌가?

회사가 언제부터 개개인의 스케줄에 따라 시간을 맞춰주고 볼일을 보게 해준단 말인가?

그건 본인사정이지 회사는 그녀를 맞춰 줄 필요가 전혀 없다는 것이다. 냉정하게 말해 몸이 아픈 것도 어찌 보면 회사에 피해를 입히는 것이다.

몇 년간을 관리자가 B에게 편의를 봐주면서 일하게 해줬으면 그녀도 눈치껏 행동했어야 했다. 하지만 모든 것이 당당했던 그녀는 결국 주변사람들과 다툼이 잦아지면서 정신적인 스트레스를 받고 그만두게 되었다.

B는 어찌 보면 정말 운이 좋지 않은 사람일수도 있다. 하지만 모든 진실은 본인만이 알고 있다. 회사에서 일하다 몸이 아프면 여러 가지 제약이 따르고 불리한 상황이 생긴다.

직장에서 교대근무를 하는 사람은 잘 알 것이다. 사람 하나 빠지게 되면 다른 사람이 그 자리를 메꿔야하기 때문에 몸이 두 배로 힘들다는 것을 말이다.

나도 B의 사정을 잘 알기에 이해했고 넘어가는 일이 대다수였지만 그녀 때문에 내 몸이 힘들어질 때는 어쩔 수 없는 사람인지라 그녀 탓을 할 수밖에 없었다.

어느 회사에서나 몸이 아픈 직원을 좋아할 수 없다. 개개인 마다 사정은 있겠지만 몸이 아픈데 주변에서 이해해주지 못하면 서운함이 두 배가 된다. 그렇다고 회사는 그런 사정들을 하나하나 봐주지 않는다. 몸이 아파 계속해서 일을 하지 못하는 상황이 생기면 일을 그만두게 만들어 버린다.

회사가 나를 위해 어떤 방법으로든 편의를 제공하면 받아들이는 당사자는 그걸 당연하게 생각하면 안 된다. 적어도 같이 일하는 동료들에게는 고마운 마음을 가져야 한다.

그게 사람의 도의이고 진정한 의리이지 나만 힘들고 괴롭다 해서 다른 사람을 무시할거면 다른 사람 피해주지 말고 속편하게 혼자 일하는 직업을 선택해야 한다.

본인만 피해자이며 잘못한 것이 없다고 끝까지 우기는 사람들이 있다. 그건 본인의 당당한 자기주장이 아니라 이해를 하지 못한 머리가 나쁜 아집인 것이다.

회사 생활을 하다보면 유별나게 자기주장이 강한 사람이 있다. 이런 사람을 보면 모든 주변사람이 자신을 위해 존재하는 것처럼 생각을 한다. 자신이 주인공이 되어야 하고 주변사람들은 들러리 역할을 하게 만들어 버린다. 그런데 문제는 사람들이 처음에는 무엇이 문제인지 당사자에게 회피하고 말을 하지 않는다. 뒤에서 수근거릴 뿐 아무도 말을 하려 하지 않는다. 이런 날이 계속 되다 보면 다른 직원들과 일적이로든 사적으로든 누구 하나 감정을 추스르지 못하고 폭발하는 경우가 있다.

그래도 당사자는 깨치질 못한다. 피해자 코스프레를 하고 주변사람들을 모두 원망하고 적으로 생각하며 말썽을 일으키고 주변사람들이 자신 때문에 피해를 보고 있다는 사실을 깨닫지 못하고 회사를 나가게 되는 것이다.

성형

여직원 A는 본인 외모에 관심이 많은 직원이었다.

몸매관리와 얼굴에 많은 시간을 투자하는 것을 좋아했다. 여름이면 선글라스에 배꼽이 드러나는 탑과 짧은 미니스커트를 입고 쉬는 날 직장을 꼭 들렀다. 처음에 직원들은 화끈한 그녀의 옷차림에 못 알아보다가 말투와 행동을 보고나서야 직감하고 놀라 한번더 쳐다보았다.

사람들의 그런 반응을 즐기던 그녀는 깔깔거렸다. 그녀는 오지랖도 참 넓은 사람이었다.

나에게 변비의 직효인 약과 붓기 빼는 마사지 등 여러 가지를 알려주었고 몰랐던 정보를 알게되는 일이 많았다.

그러던 어느 날,

A는 관리자에게 휴가를 내고 며칠 동안 나오지 않았다. 며칠이 지난 후 나타난 A의 모습에 모두들 놀라 입을 다물지 못했다. 싸움하다 얻어 터진 얼굴처럼 부은 얼굴에 코는 붕대를 한 채로 나타난 것이다. 관리자들은 놀라 물었다.

"얼굴이 와 그렇노? 싸웠나?"

A가 웃으며 말했다.

"제가 저번에 코 수술 하고 싶다고 한적 있었잖아요. 이번에 수술 받았어요!!"

말하는 것도 웃는 것도 어색해진 그녀의 말을 듣고 우린 귀를 의심했다.

"며칠 만에 코 수술을 했다고?"

"네!! 전 다른 사람들보다 얼굴이 덜 부은거예요! 회복도 빠르다고 하더라구요!!"

"그래? 근데 그런 얼굴로 어떻게 일을 하냐? 참 난감하네."

"왜요? 전 괜찮은데요?"

"아니... 생각을 해봐라. 그런 얼굴로 돌아다니면 다들 왜 그러냐고 물어 볼 텐데 그럴 때마다 수술했다고 자랑할거냐?"

"네!!! 이게 뭐 어때서요? 전 괜찮다니깐요!!"

관리자는 황당해했고 어이없어 했다. 왜냐하면 전혀 부끄러워하지도 않고 미안한 것도 없고 이건 뭐 너무나 당당하다.

더군다나 상대방 얼굴을 마주하고 얘기해야 하는 직업인데 반창고 붙인 얼굴로 들이민다고? 요즘같이 마스크를 착용하고 일을 할 수도 없던 시기였다.

그녀는 붓기가 덜 빠진 채로 일을 하였고 소문은 삽시간에 퍼져 A의 코 성형은 돌고 돌아 사업장 건물전체에 모르는 이가 없을 정도였다. 처음 보는 사람들은 그녀를 보며 한마디씩 했다.

"싸웠어요? 얼굴이 왜 그래요?"

그럴 때 마다 그녀는 친절하게 수술한 것이라며 말했다. 보통 성형수술을 하면 굳이 밝히려 들지 않는데 그녀는 달랐다. 사람들에게 자랑스러워했고 수술 받은 병원을 추천하기까지 했다. 주변사람들은 다들 아이러니한 표정만 지을 뿐이었다.

성형으로 얼굴의 인상은 조금 달라졌지만 그녀는 변함없이 똑같은 사람이었다.

누군가는 말한다. 풀리지 않는 인생을 성형으로 고쳐보려 한다고 얼굴이 예뻐지면 좋은 인연을 만날 것이고, 그럼 내 팔자가 펴지는 게 아닐까? 라고 말이다.

하지만 실제로 성형수술 후 180도 달라지는 인생을 사는 이는 드물다. 잘생겨지고 예뻐진다해서 좋은 사람이 바로 생기진 않는다. 선택의 폭이 넓어질 수는 있겠지만 내 인생을 완전히 바꾸려면 남들보다 끊임없이 노력해야 한다.

부족한 면을 실력으로 채우고 달라지는 노력을 매일같이 해야 좋은 사람이 다가온다는 말이다. 노력하지 않고 평소 생활패턴 그대로 사는데 하루아침에 인생이 달라지는 게 오히려 이상한 것이다.

성형수술은 자기만족의 결과물이다.

요즘 사람들의 얼굴을 보고 있으면 다들 비슷비슷한 얼굴형이 너무나도 많다. 예전보다 예쁘고 잘생긴 사람들이 훨씬 많아진 것은 사실이지만 개성 있는 얼굴을 찾아보긴 힘들어져버렸다.

성형이 나쁘다는 것은 아니다. 좀 더 예뻐지기 위한 갈망은 누구에게나 다 있다.

성형을 했다고 해서 뭐라 하는 것이 아니라 직장 근무를 하면서 특히 사람을 상대하는 서비스 직종은 이미지가 생명인데 성형을 하여 붓기가 빠지지 않은 채로 상대방에게 불쾌한 이미지를 주는 것이다.

당연히 말들이 많을 수밖에 상대방을 배려하는 마음이 있다면 충분한 휴식을 하기 위해서라도 휴가를 쓰던지 병가를 내던지 해서 주변사람들에게 최소한 예의는 갖추었으면 하는 바램이다.

점심

내가 다니던 직장의 점심시간은 40분이었다.

1시간을 채우지 못하는 시간 내에 밥을 먹고 잠깐 쉬고 화장실을 이용해야 했다. 어찌 보면 정해진 시간 내에 다할 수 있을 것 같지만 의외로 짧은 시간이다. 직원 식당이 따로 있는 것도 아니었다. 각자 알아서 챙겨먹어야 했기에 1년 동안은 집에서 도시락을 챙겨와 먹었고 그 다음부턴 밥보단 잠을 택하거나 쉬는 걸로 시간 때우는 일이 허다했다.

입사한지 얼마 되지 않을 때였다. 같이 밥을 먹던 직원들이 그날 점심을 밖에서 먹자고 했다.

코다리찜이 유명한 곳이었는데 오랜만에 외식이라 들뜬 마음으로 향했다.

그 곳엔 익숙한 얼굴의 남자가 있었다. 일하면서 매일 보던 우편물 배송 기사님이었다. 인사를 하고 같이 밥을 먹었는데 그날은 기사님이 밥을 사주기로 한날이었던 것이다.

친숙한 얼굴이기도 하고 같이 밥 먹던 직원들과 친한 사이였기 때문에 나도 거리낌없이 먹을 수 있었다.

밥 나오는 시간이 지체되었고 복귀시간이 15분정도 늦어질 것 같아 미리 관리자에게 전화를 하게 되었다.

"여보세요? 저 문정인데요... 기사님이 저희 밥 사주신다고 해서 먹다보니 시간이 좀 지체될 것 같아서요. 얼른 먹고 복귀하겠습니다. 죄송해요!!"

관리자는 별다른 말이 없었다.

밥을 다 먹고 급하게 뛰어가서 관리자와 교대를 하게 되었는데 그때부터 얼굴 표정이 몹시 좋지 않았다.

그는 갑자기 나에게 물었다.

"문정아!"

"네??"

"아까 누가 밥을 사줬다고?"

"매일 오시는 기사님 있잖아요. 우편물 담당하시는 분요!!"

"그래? 일단 알겠다."

난 뭔가 기분이 찜찜해졌지만 개의치 않았다. 밥을 다 먹고 돌아

온 관리자는 갑자기 인상을 쓰며 큰소리로 엄포를 놓았다.

"문정아! 앞으로 그 기사가 밥을 사준다는 둥 뭘 준다는 둥 하면 절대 받지도 말고 거절해라 알겠나?"

"네???"

"오늘 너희가 밥을 얻어먹은 것도 솔직히 그렇게 하면 안되는 행동이다. 그 기사가 너희들한테 왜 사줬겠노? 우리에게 자기 일을 떠넘기는 걸 합리화 시키려고 그러는 거고 여차해서 일이 생기면 너희한테 책임을 다 지게 하려는 수작이다. 무슨 말인지 알겠제?"

"네?... 알겠습니다."

"처음에 누가 먹자고 했는데?"

"○○이요..."

"하여튼 ○○가 문제다...!!"

난 이 일이 문제가 커질 줄은 꿈에도 몰랐기에 어리둥절했고 퇴근시간에 직원들을 다시 만났다.

"언니!! 도대체 우리가 뭘 잘못했어요?"

화가 난 그녀의 목소리는 격양되었고 관리자에게 욕을 많이 들어서 흥분한 상태였다.

"글쎄요... 원래 같이 먹으면 안 되는 건가요?"

"아니요!! 먹어도 돼요!! 솔직히 말해서 관리자들이 우리에게 점심 때 밥이라도 산적 있어요?

그깟 점심시간 좀 오버 됐다고 그렇게 난리를 치고 결국 이렇게 되면 우리만 손해예요!!”

실제로 그 기사는 여사원들에게 크리스마스 날엔 케이크를 챙겨주고 화이트데이엔 초콜릿을 챙겨주고 한번 씩 점심시간에 피자도 챙겨주는 사람이었다. 본인의 업무를 우리가 도와주는 협력관계였기에 고마운 마음에 그렇게 챙겨주는 것 같았다. 하지만 그 사건이후 그런 일은 모두 사라졌다. 예전처럼 편하게 지낼 수 없었고 어색함이 감돌았다.

불편해진 관계를 부추기듯 관리자와 기사님이 싸우는 일이 생겼고, 그는 다른 곳으로 옮겨갔다. 다른 사람이 담당기사가 되어 일을 하였지만 하는 업무량은 그때와 비례했다.

지금 생각해보면 일하면서 굳이 불편함을 만들 필요가 있을까 싶다. 우리에게 밥을 사줬던 기사님도 관리자들의 말처럼 본인의 일을 우리에게 떠넘겨 일을 전가시킬 마음으로 그런 건지 아닌 건지는 우린 알 수 없다. 하지만 그는 도와주는 대가를 자기만의 방법으로 우리에게 지불한 것이었고 그게 마음이 편했으니 그런 행동을 한 것이다.

받는 사람 입장에서 기분이 나빴다면 모를까 그게 아닌 호의로 생각했기에 관계가 유지되었다. 관리자들은 그런 관계를 무척이나 못마땅해 했다. 기사님과 업무를 분담하는 것도 싫었거니와 여사원이 왜 그와 친분을 쌓으며 어울리는지를 불편하게 생각했다. 차라리 밥 교대시간에 늦게 온 것으로만 화를 냈다면 이해가 쉬웠을 것이다.

만약 기사님이 관리자와 밥을 먹는 친한 사이였다면 얘기가 달라질 수 있었을지도 모른다. 하지만 과정이 어찌됐든 현재 업무를 계속해서 할 수 밖에 없는 상황에선 불만만을 쏟아낼 수 없다. 싸운다고 해서 해결될 일이 아니고 현명하게 판단해야 한다.

솔직히 전 직장에서 10년 동안 서비스직에 있으면서 식사하는 문제로 시시비비를 가리는 일은 없었다.

점심시간에는 직원식당에서 밥을 해결했고 식당 메뉴가 마음에 안들 때는 관리자가 직원들을 데리고 밖에서 식사하는 일이 잦았다.

지금 생각해보면 이 직장에서 5년 동안 근무했지만 한 번도 점심시간에 관리자가 여직원에게 밖에서 밥을 사준 적이 없었다.

이 직장은 점심을 각자 해결해야 되는 시스템이기 때문에 어쩌다가 아는 지인이 점심을 사준다고 얘기를 할 때면 먹는 것이 문제가 아니라 말이라도 너무 고맙게 느껴진다. 그렇기에 관리자들이 화를 내는 것에 대해 도저히 이해할 수가 없었다.

서비스직은 답이 없다. 해야 할 일과 하지 말아야 될 일은 분명 존재하지만 때로는 상황에 따라 다른 업무를 해야 하는 경우가 생긴다.

내 기분에 따라 변덕스럽게 행동하여 일하는 사람들과 마찰을 일으키면 득보단 실이 많음을 깨달아야 한다. 어차피 해야 될 일이라면 마음에 들지 않아도 상호간에 협력점을 찾고 개인적인 감정을 배제시켜야 실수를 하지 않는다.

피곤함의 극치

나와 같이 일했던 D의 이야기이다.

그녀의 당돌하면서도 대담한 성격은 어떤 점에서는 내가 본받아야 할 부분이기도 했다. 하지만 D는 남직원들을 한번 씩 무시하는 경향이 있었고 특히 나에게 그들의 험담을 늘어놓는 일이 부지기수였다.

"언니..! 진짜 걔는 오리지날 갑병신이에요. 대가리가 빡대가리라니까요!! 똑같이 가르쳐줘도 멍청해가지고 알아 쳐먹질 못해요."

하소연하는 그녀의 얘기를 들어주다 보면 이해가 되다가도 너무 심한 것이 아닌가 하는 생각을 하게 된다.

어느 날이었다. 그날은 신입 남직원 C의 생일이었다.

그녀는 C에게 업무지시를 했고 제대로 이행하지 못하는 일이 생졌다. 불같은 그녀의 성격에 화가 치밀어 올랐고 둘은 말다툼을 하게 된다.

"아이씨... 일을 그딴 식으로 할 거면 나가라!!"

C는 적지 않은 충격에 휩싸였고 그 날 퇴사하게 되었다.

"언니..!! 나가라고 했더니 진짜 나간 거 있죠? 참 내가 어이가 없어서 그래도 속이 후련해요. 일을 못하면 어쩌겠어요. 나가야죠 뭐..."

웃으며 허탈한 표정을 지은 그녀를 보면서 놀랍기도 하면서 대단하다는 생각이 들기까지 했다. 생일날 직원을 퇴사시켜 집으로 보내버린 그녀의 행동은 최초이지 않을까 하는 생각에서였다.

그러던 주말 오후 일을 마치고 집으로 귀가하던 길에 전화가 울렸다. 확인해보니 D였다.

'이 시간에 무슨 일이지??'

의아해 하면서 전화를 받았다.

"여보세요? 흐흐흑...언니...예요?"

"네... 무슨 일 있어요??"

"언니... 진짜 그만두고 싶어요.."

"네??? 왜요?"

"좀 전에 퇴근하고 집에 가고 있는데 직원한테서 전화가 왔어요. 그래서 받았더니 저한테 컴플레인이 들어왔는데 아까 무슨 일 있었냐고 물어보더라구요. 너무 억울해요 전...."

처음 듣는 그녀의 우는 모습이었다. 난 놀라서 물었다.

"무슨 일이 있었는데요?"

사건은 이러했다. 유모차를 끌고 온 가족들이 있었다고 한다.

"아가씨!! 오늘 이 곳에서 예약이 되어 있을 텐데?"

"아 네... 예약하신 분 성함이 확인되셨구요. 저쪽으로 가시면 엘리베이터 하나 보이실 거예요. 그거 타고 올라가시면 돼요!!"

잠시 후.

"아니... 지금 보니까 엘리베이터가 작동이 안 되던데, 도대체 어떤 걸 쓰란 말이요?"

"네?? 잠시만요. 아 지금 다른 곳에서 사용 중이시네요. 다른 엘리베이터 타시고 한층만 계단이용하시면 됩니다."

잠시 후.

"아가씨. 유모차를 끌고 계단을 이용하라는 게 말이 돼? 그리고 아까부터 보니까 왜 이렇게 불친절하지?"

"네??"

"아니 그렇잖아. 여기 일한지 얼마나 됐어? 다른 아가씨는 정말 친절한데 여기 아가씨는 처음보네. 다른 직원들은 이런 식으로 안내하지 않아!!! 여기 담당자 없나? 내가 얘기 좀 하고 가야겠다."

그 말을 들은 그녀는 무척이나 자존심이 상했다. 다른 직원과 비교하는 말은 심기가 불편했고 본인이 안내했던 멘트들은 상대가 기분 나빠 할 이유가 전혀 없다고 생각했기 때문이다.

그녀는 나에게 한숨을 내쉬었다.

"언니 제가 뭘 잘못했는지 아직도 모르겠어요. 제가 왜 이런 얘길 들어야 하는 거죠?"

난 울고 있는 그녀를 달래줄 수밖에 없었다.

전화를 끊고 가만히 생각해보니 한쪽 말만 듣고는 상황을 판단할 수가 없었다. 상대방의 말도 들어봐야 정확한 판단을 내릴 수 있다고 생각했다.

자존심이 강한 D는 다른 직원과 비교했던 말에 화가 많이 난 것 같았다. 그녀는 어느 정도 회사에 자신의 위치를 잡아가고 있었고 일도 잘했기에 자신감이 충만한 상태였다.

하지만 서비스직은 정답이 없다. 아무리 응대를 잘한다고 생각했어도 받아들이는 상대가 기분이 나쁘면 어쩔 도리가 없다. 친절함을 요구하는 것은 좀 더 적극적으로 행동하길 바란 모습에서 나올 수도 있는 것이다.

D는 회사의 정석대로 규정에 따라 안내를 했지만 충분한 설명과 안내가 이루어지지 않았고 그런 모습에 불만을 느껴 지적을 한 것이었다.

내가 잘못을 했든 안했든 상대방이 어떤 성향인지 모르면 실수를 하게 되고 일이 생긴다. 실수를 줄이려면 항상 긴장의 상태에서 일을 해야 하고 방심하면 상대가 치고 들어와도 받아칠 힘이 없기에 당할 수밖에 없는 것이다.

그 사건 이후 조용하던 그녀는 관리자와 또 한번 충돌이 일어나게 되었다.

점심시간이 다가올 무렵 D는 교대하기만을 기다리고 있었다. 하지만 관리자는 오지 않았고 10분의 시간이 지났다. 늦게 온 관리자가 말했다.

"별 일 없죠? 밥 먹고 오세요."

그녀는 별다른 말도 없이 관리자가 늦게 온 것에 불만을 가졌고 밥을 먹으면서 생각할수록 짜증이 났다. 똑같이 점심시간이 지난 10분 뒤에 복귀하였고 관리자와 교대를 하려했다.

그러자 그가 화가 난 얼굴로 그녀를 바라보며 말하였다.

"지금 시간이 몇 시예요? 40분까지 와야 되는 것 아니에요?"

관리자의 짜증난 말투에 D는 응수했다.

"제가 밥 먹으러 몇 시에 갔는데요? 교대를 10분 늦게 해주셨으면 당연히 10분 뒤에 오라는 말 아니었어요?"

그녀의 당당한 말투에 그는 지지 않고 말했다.

"아니... 제 시간에 맞게 복귀해야죠? 내가 늦게 왔다고 똑같이 늦게 오나?"

그 말을 들은 D가 목소리를 높여 말했다.

"그런 경우가 어디 있습니까? 제시간에 오는 걸 바랐다면 빨리 오셨어야죠!! 대체 제가 뭘 잘못했는데요? 제 밥시간은 40분이지 30분이 아니잖아요!!"

그녀의 큰 목소리는 주변사람들의 이목을 집중시켰고 관리자는 얼굴이 달아오른 채 당황하였다.

"목소리 좀 낮춰서 말해요. 좀 있다가 다시 말합시다."

그는 그 자리를 빨리 벗어났고 그녀는 일하는 내내 집중이 되지 않았으며 생각할수록 어이가 없었다. 점심시간이 지난 후 관리자가 그녀를 찾아왔다. 그는 낮은 목소리로 그녀에게 말했다.

"아까 내가 뭐라 한건 미안해요. 하지만 사람들 다 보는데서 그렇게 큰소리로 소리 지르면 어떡합니까??"

"네?? 저도 순간적으로 화가 나서 그런 것이었어요. 아까 소리 지른 건 죄송해요."

둘은 감정적이었던 모습에 서로 사과를 했고 풀었다. 그 사건 이후 관리자는 항상 점심시간 10분전 그녀와 교대를 해주었다. 점심시간을 10분 더 늘려준 것이다. 만약 그녀가 화를 내며 말하지 않았다면 어떻게 되었을까? 관리자는 매일 그러진 않았겠지만 자기 편한대로 늦게 오는 경우가 생겼을 것이고 이를 당연하게 말을 하며 행동을 취했을 것이다.

그녀는 불리한 상황을 참지 않았고 자신의 감정을 표출하여 관리자에게 쉬는 시간을 더 늘릴 수 있었다. 물론 10분을 더 달라고 요구한 적은 없다. D의 본모습을 알게 된 그가 알아서 배려를 해준 것이라 본다.

그럼 좋은 것이 아닌가 싶지만 따지고 보면 서로 내색하지 못하는 불편한 마음은 한구석에 존재하고 있다. 서로 싸워봤자 득이 될 게 없이 시끄러워질 것을 예상한 관리자는 충분한 시간을 주고 그녀의 행동을 지켜보았다.

상대에게 원리원칙을 요구할 때는 나 자신도 그렇게 행동해야 한다. 본인은 요행수를 바라고 일하기 싫어하면서 상대방에게만 엄격한 잣대를 내세워 강요한다면 신뢰성을 잃어버린다.

직장 내에서 관리자가 일할 땐 원리원칙에서 벗어나는 행동을 하는 경우가 있다. 본인의 직급을 과시하며 이를 당연하게 여기는 사람도 있고 아닌 사람도 있다. 매일 일은 하지 않고 지시만 내리며 뒤에서 조종하는 관리자들을 보며 사원들은 뒤에서 뒷담화를 하기 일쑤다.

사람들에게 대우받을 행동을 하지 않으면 그만큼 나를 싫어하는 사람들도 많다는 것을 인지해야 한다. 중요한 것은 일하지 않는 것을 자신의 위치와 동등하게 만들어선 안 된다.

억울하면 너도 진급하던지 그만두던지 하는 생각으로 주어진 일을 피해버리면 차후엔 더 큰 일거리가 본인에게 닥치고 현재 상황보다 어려워진다는 것을 명심해야 한다.

하루하루를 아무 생각없이 출퇴근하면서 일보다 더 우선시 하는 무언가가 있다면 적당히 하고 공과 사를 구분하는 판단력을 가져야 한다.

D는 관리자들이 기피하고 싶어 하는 직원 중 하나였다.

지시를 내리면 그대로 이행하기보단 의심을 했고 재고 따지는 일이 더 많았기 때문이다. 많은 사람들이 직장생활하면서 불만을 가지고 있어도 말을 하지 못하는 사람이 대부분이다. 그녀는 그런 사람들이 바보 같아 보이고 답답해보였다.

자기잇속을 챙기는 건 좋으나 혼자서만 유별나게 행동한다면 관리자뿐만 아니라 동료들에게도 찍히게 된다.

D는 새해가 지나고 얼마 되지 않아 일하던 중 나에게 전화를 했다.

"언니!! 제가 우리 1년치 쉬는 날을 계산해봤는데요. 다른 조보다 저희가 덜 쉬던데 이건 얘기해서 바로 잡아야 되지 않겠어요?"

연초에 1년치 쉬는 날을 미리 계산하던 그녀를 보며 할 말을 잃었다. 난 확인해 보겠다고 하며 전화를 끊었다. 비교를 해보니 그녀의 말이 맞았지만 그렇다고 큰 차이는 없었다.

'또 시작이구나...'

난 피곤함이 몰려왔다. 그녀는 혼자서 관리자들에게 의견을 어필하면 되는데 항상 누군가를 끌어들이며 핑계를 대서라도 꿋꿋이 자기주장을 펼칠 기세를 하였다.

하지만 난 동조하지 않았다. 때가 되면 우리가 더 좋은 여건을 가지는 날도 있는 법인데 일일이 하나하나 세어가며 따지는 것은 직원들끼리 감정적으로 싸우자는 것이고 직장에 분란을 일으키는 상황을 만드는 것이었다.

내가 동조하지 않자 그녀는 마음이 상했고 나와의 사이도 멀어지게 됐다. 결국 D는 이직을 위해 퇴사하게 된다. 퇴사하면서 자연스럽게 나와 연락도 뜸해지게 되었고 D의 자리에 새로운 직원이 입사하게 되었다.

'나 밖에 일을 잘했던 사람은 없어... 내가 빠지면 다른 사람들이 꽤나 고생을 하겠지...'

라는 후련한 마음, 잘 안되길 바라는 마음으로 나갔지만 현실은 새로운 사람이 그녀의 역할을 대신해 일을 하고 무던하게 시간은 흘러갔다.

물론 주변사람들이 처음에는 일을 가르쳐 주느라 힘들지만 익숙해지면 그녀의 존재도 서서히 잊혀져간다.

이직을 한 그녀에게서 오랜만에 연락이 왔다.

처음엔 안부의 인사말로 시작을 했는데 얘기를 하다 보니 지금 현 직장의 고충을 말하며 예전 직장을 그리워하고 있었다.

어느 직장을 가든 이직과 퇴사를 수없이 반복을 하는 직원들이 있다. 내가 알기로는 한 직장에서 최소한 몇 년을 버틴 직원을 보면 무슨 일이 생겨도 유연하게 대처하는 경우를 많이 봐왔다. 문제는 일에 익숙해지다 보면 나도 모르게 긴장감이 풀린다. 이럴 때 누군가가 시비를 걸어오면 맞서게 되어 있다. 그러면 다툼이 일어나고 결국 상황이 심각해지면 퇴사까지 하게 되는 일이 벌어지는 것을 봐왔다. 이런 식으로 퇴사한 여직원들과 남직원들이 수없이 많다.

나는 이렇게 생각 한다. 한 직장에서 오래 일하다 보면 더 겸손해야 되고 더욱 더 상대방이 친절을 요구하는 경우가 많다.

늘 한자리에 있다 보면 상대방이 친숙하다 못해 말이 짧아지는 경우가 있다.

예를 들어 정말 이 곳에서 오랫동안 봐왔던 사람이 있는데 한 번씩 직원들에게 무리한 부탁을 할 때가 있다.

이 사람은 말을 길게 하지 않아도 직원들이 눈치껏 알아서 해주기를 원한다. 이런 경우 속으로 사람을 도대체 뭘 로 보는 건가? 하면서 불평을 하게 되고 이 일을 하기 싫어지게 된다.

더군다나 손아랫사람 취급을 하면서 반말을 할 때는 더욱 더 그렇다.

답이 있어야 되는데 답이 없는 것이 서비스 직종인 것이다.

집착의 끝

20대 초반의 젊은 여직원 S가 입사했다.

처음 낯을 많이 가렸던 그녀는 말수가 적었다. 하지만 시간이 지날수록 S의 개념없는 행동이 포착되었다. 바쁜 오후 시간대 일 때문에 그녀를 찾게 되었지만 연락을 하고 아무리 찾아봐도 보이지 않았다. 답답해하고 있을 즈음 S가 나타났다. 그녀는 혼자가 아니었다.

웬 낯선 남자와 직원 휴게실에서 같이 나오는 것이다. 나는 놀라 쳐다봤고 당황한 S는 내 눈치를 보며 서둘러 남자를 보냈다. 알고 보니 그 남자는 그녀의 남자친구였다.

휴게실 안은 담배연기로 자욱했고 저절로 인상이 찌푸려졌다.

이곳은 같이 일하는 직원들만 출입가능한 곳이며 다른 부서 직원들은 출입이 통제된 곳이었다. 더군다나 외부인은 출입할 수도 없었고 담배는 선배들도 자중하여 피지 않는 곳이어서 할 말을 잃게 만들었다.

나는 S에게 방금 나간 사람이 누구이며 여기는 아무나 들어올 수 없는 곳인데 어떻게 된 일이냐며 다그쳐 물었다.

자초지종을 들어보니 담배애연가였던 그녀는 남친이 지나가던 길에 잠시 들러 같이 흡연하였다고 했고 다음부턴 그러지 않겠다고 했다. 이때부터 S의 이해되지 않는 행동들이 하나둘씩 드러나기 시작했다.

일을 하다 한번 씩 사무실에 들릴 때면 그녀는 관리자의 책상의자에 앉아 있었다.

연차가 있는 선배들도 앉기 꺼려하는 의자에 앉아 웃으며 신문을 보던 모습은 나에겐 황당함 그 자체였다.

그 뒤로도 나아지는 모습은 보이지 않았고 일을 가르쳐 주면 보란 듯이 반대로 하며 동료들과 마찰을 일으켰다.

그녀는 일하는 것엔 관심이 없었다. 그저 하루를 어떻게 때울지 시간만 가길 바라고 있었다. 그런 성향은 나와 맞지 않았을 뿐더러 어느 순간부턴 서로 말을 하지 않게 되었다.

S는 같이 일하는 동료들을 불편해하더니 다른 부서의 직원들과 친분을 쌓기 시작했다. 몇 번 보지 못한 남직원들에게 자기소개를 하고 술 약속을 잡았다.

그런 그녀의 행동들은 돌고 돌아 관리자의 귀에 들어오게 되어 면담하기 일쑤였다. 동료들은 S에게 업무적으로 지적을 하게 되는 날이 많았고 피곤함의 연속이었다.

몇 개월이 지나자 S는 갑자기 일을 그만두겠다고 말했다.

퇴사하면서도 다른 부서 직원들에게 동료직원들이 자신을 왕따시켜 그만두는 것이라며 말도 안되는 피해자 코스프레를 펼쳤고 주변을 시끌벅적하게 만들었다. 모두들 어이가 없고 당황스러웠지만 마음 한구석엔 평온함이 몰려왔다.

그만 둔지 얼마 쯤 시간이 흘렀을까.

어디서 많이 본 사람이 카드 사 직원으로 입사를 했다.

그녀였다. 우린 놀랐지만 개의치 않았고 지나가다 한번 씩 마주치는 일상이 지속됐다.

S와 같이 일하는 직원들은 그녀와는 다르게 나이대가 40~50대였다.

처음엔 S에게 딸처럼 잘해주고 이것저것 챙겨주었다고 한다. 몇 개월이 지나자 카드 사에서 한바탕 소동이 벌어졌다.

그녀가 일하다가 말도 없이 잠수를 타버린 것이다. 우린 그저 일하기 싫어 잠수 탄 것이라 생각했지만 S와 같이 일한 직원은 얼굴이 새파래진 채 보안 사무실로 찾아왔다.

"큰일났어!!"

"무슨 일이신데요?"

"S가 사라졌는데 내 지갑도 같이 사라졌어!!"

"네?? 지갑을 어디다 두셨는데요?"

"여기 진열대 밑에 가방을 항상 두는데 잠깐 자리를 비웠고 S가 있었어. 그리고 나서 내가 돌아왔고 걔가 사라졌는데 아무래도 지갑 들고 간 사람은 S밖에 없다!!"

우린 흥분해서 말하는 직원을 달래고 CCTV를 같이 확인하게 되었다. 화면 속 지갑을 들고 간 사람은 정말 S였다.

그녀에게 연락을 하자 연락이 되지 않았고 관리자가 신고하여 결국 S는 우여곡절 끝에 지갑을 돌려주게 되었다.

갑자기 머리가 띵해지면서 아파왔다.

'만약 우리와 같이 계속 일하였다면 아무 일도 일어나지 않았을까?'

그런 생각을 하니 골머리가 아파왔고 한편으론 이 회사를 빨리 나간 것이 다행이라 여겨졌다.

S의 불미스러운 일이 잊혀져갈 때 쯤 어느 매장에서 연락이 왔다. 직원은 다급한 목소리로 관리자를 찾았다. 바꿔주니 관리자는 어이가 없다는 듯 실소를 터뜨렸다.

"네?? 그게 사실입니까?? 절대 안 됩니다. 제가 사무실에 말할 테니 보류시키세요!!"

난 궁금해졌다.

"무슨 일이예요?"

관리자는 한숨을 쉬었다.

"○○매장인데 S가 입사지원서를 넣었다고 하네."

"네?????!!!!!!"

난 믿고 싶지 않았지만 어이가 없어 헛웃음이 나왔다.

"아니... 제정신이랍니까? 진짜 대단하네..."

"그러니까 말이다. 인사과에 얘기해서 두 번 다신 S의 입사지원서를 받지 않도록 조치해야겠다."

그날 이후 모든 매장은 S의 이력서를 받지 않았고 그녀도 자취를 감추었다.

차후에 들려온 얘기들은 힘이 빠지는 말들이었다. S는 남자친구와 동거생활을 하고 있었고 무슨 이유에서인지 남친은 일을 하지 않는 생활이 지속되어 혼자 생활비며 관리비를 모두 책임져야 했다. 본인의 개인사가 어찌되었든 절도는 절대 있어선 안 되는 일이다.

잘못된 순간의 행동이 평생을 후회하게 할 수도 있다는 것을 잊어서는 안 된다. 사람의 인성은 겉만 보고 판단할 수 없다. 겪어보지 않으면 알 수 없는 게 사람이다.

2021년 지금 이 순간 나는 생각 해 보았다.

글을 쓰고 있는 이 시간도 너무나 빨리 지나간다. 직장에서 수많은 사람들이 입사와 퇴사를 거듭한다.

그 중에서 내 주변에서 겪었던 일들을 보면 안하무인격으로 근무를 하는 직원들을 많이 보아왔다. 물론 기본교육은 시킨다. 하는 척을 하면서 자기 마음대로 일처리를 하는 직원들을 보면 얼마 못가서 퇴사를 하게 되어있다.

직장생활은 같은 부서 직원들과 서로 융합하면서 일을 해야 소통도 되고 실수도 적어지게 되어 직장생활을 무탈하게 할 수 있는 것이다.

끝을 알지만
몰라도 되는 것들

초판 1쇄 발행 2021년 6월 24일

지은이 최문정
펴낸이 주지오
펴낸곳 무량수
부산광역시 부산진구 중앙대로 777 이비스앰배서더 부산시티센터 2층
TEL. 051) 255-5675 FAX. 051) 255-5676
전자우편 무량수.com

ISBN 978-89- 91341-63-0

※이 도서의 국립중앙도서관 출판예정도서목록(CIP)은 서지정보유통지원시스템 홈페이지(http://seoji.nl.go.akr)와 국가자료종합목록 구축시스템(http://kolis-net.nl.go.kr)에서 이용하실 수 있습니다.

정가 12,000원